ベッドルームキス

いおかいつき
ITSUKI IOKA

イラスト
國沢 智
TOMO KUNISAWA

JN038796

Lovers Label

一馬は肩で息をしながら、近くにある神宮の顔を見つめた。
「エロい顔してる」

illustration by TOMO KUNISAWA

ベッドルームキス

いおかいつき
ITSUKI IOKA
イラスト
國沢 智
TOMO KUNISAWA

Lovers Label

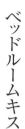

CONTENTS

ベッドルームキス　3
あとがき　191

1

異動の辞令《じれい》は突然だった。警察官《けいさつかん》である以上、一つの所轄《しょかつ》に留《とど》まることはないとはわかっていたが、勝手な思い込みで当分はないような気がしていた。

「あのマンションからなら品川署《しながわしょ》まで歩いてでも通えなくはないよな？　通勤はどうするんだ？」

隣《となり》を歩く神宮聡志《じんぐうさとし》が問いかけてくる。

河東一馬《かわとうかずま》が多摩川西署《たまがわにししょ》から品川署に異動になることは、辞令が出てすぐ恋人である神宮には伝えてあった。そして、引っ越し先である警視庁《けいしちょう》借り上げのマンションの場所も、神宮には教えておいた。

「徒歩で三十分だからな。朝はトレーニングがてら走って行こうかと思ってる」

「朝から汗臭《あせくさ》いままで仕事をするのか？」

神宮が嫌《いや》そうに顔を顰《しか》める。

「ちゃんとシャワーで汗流して着替えるって。俺も汗だくで仕事するのは嫌だしな」

そこは考えていると一馬は答えた。

当直の警察官のために、署にはシャワー室が完備されている。これから勤務する品川署にもあることは確認済みだ。

「ほう。どこでシャワーを浴びるつもりだ？」

表情を険《けわ》しくした神宮が横目で一馬を睨《にら》む。端正《たんせい》な顔だけに、そうすることで冷たい印象を強くするが、一馬は慣れたものだ。

「またそれかよ。裸《はだか》を見せるな、だっけ？　そんなのいちいち気にしてられるか」

一馬は呆《あき》れ顔で答える。

神宮の嫉妬《しっと》深さは今に始まったことではないが、人前で着替えることくらいは見逃してほしい。全裸《ぜんら》になるわけではないのだ。自分が男に好かれやすいことは、さすがに過去の経験から自覚しつつはあるものの、誰でも彼でも一馬に欲情するわけではないのだし、更衣室で着替えられないのは面倒すぎる。

「人目を避《さ》けることくらいできるだろう」

こういったことに関しては全く引かない神宮に、結局、一馬が折れるしかない。一馬はやれやれとばかりに深い溜息《ためいき》を吐《つ》いた。

「わかったよ。人がいない隙《すき》を狙《ねら》って着替えりゃいいんだろ」

神宮を説得するのは無理だと諦《あきら》め、一馬は納得した振りで話を切り上げる。ちょうど、目当ての店が見えてきたのもいいきっかけになった。

今回、引っ越しするに当たり、一馬はようやくベッドを買うことを決意した。今まで住んでいた寮《りょう》は、都内の寮で最も古いだけあって、畳敷《たたみじ》きの和室だった。だから、ベッドを置かずに布団《ふとん》を敷いて生活していたのだが、今度は一般的なマンションだ。広めのワンルームで床はフローリング、そこに直接布団を敷くのは躊躇《ためら》われる。それを神宮に告げたところ、休みを合わせて一緒にベッドを買いに行くこととなった。

二人で出かけるときはほとんど仕事帰りが多いため、こうして完全にスーツ以外の姿で出かけるのは随分《ずいぶん》と久しぶりだ。

一馬はデニムに薄手の紺《こん》のニット、神宮はグレーのパンツに白のカットソー、その上に黒のカーディガンと、かなりラフなスタイルだった。こういう服装をしていると、二人が刑事《けいじ》と科《か》捜研《そうけん》所員だとは誰も思わないだろう。

全国展開している家具のチェーン店に入り、二人はまっすぐベッド売り場へと向かう。

どこがどう違うのか、似たようなベッドが並ぶ中、一馬は一番手前にあったシングルベッドに腰掛けた。そして、デザインや座り心地よりも先に値札を確認する。予算の範囲内の価格だった。

「どうせ買うなら、せめてセミダブルにしろ」

神宮がそう言って、顎《あご》を動かし別のベッドを指し示す。

「なんでだよ。シングルで充分だろ。寝相はいいほうだぞ」

「俺も使うからだ。二人でシングルは狭《せま》すぎる」

一馬の不満を神宮は当然だと撥《は》ねのける。

言われてみれば、神宮の部屋に泊まったときは、寝返りを打つのも厳《きび》しいくらい窮屈《きゅうくつ》だった。それはベッドがシングルだったからだ。神宮も寝相はいいから蹴《け》り落《お》とされることもないし、密着して眠るのが嫌だというわけでもない。それでも、動きを制限されて夜中に目を覚ますことはあった。

「なら、お前も半分出せよ」

一馬はそれならと神宮に要求した。シングルからセミダブルへ大きさが変われば値段も変わってくる。神宮の示したベッドは、完全に予算オーバーだった。

「いいだろう」

神宮が躊躇《ちゅうちょ》なく答える。

「もしかして、最初からそのつもりだった?」

「ああ。そうでなければ、人の買い物に口は出さない」

神宮がそう言うならと、一馬はシングルからセミダブルのベッド売り場へと移動する。もちろん、その後ろからは神宮もついてきていた。

ここもさっきと同じで、どれも大差ないように見える。一馬はその中でもシンプルな木目のベッドに腰掛けた。座り心地はこれで充分だ。

それならと一馬は寝転がる。

「そこまで確かめるか」

クッと神宮が小さく喉《のど》を鳴らして笑う。

「安い買い物じゃないんだし、現物が目の前にあるなら寝心地を確かめるくらいはするだろ。ほら、お前も」

「俺も？」

神宮が意外そうな顔で問い返してきた。

「半分出すんだから、お前にも決める権利はある」

だから確かめてみろと、一馬は自分の隣を軽く叩《たた》いてみせる。

「男二人で並んで寝ろと？」

神宮が周囲に視線を巡《めぐ》らせて問いかけた。

ゲイであることを隠《かく》している神宮は、他人の目を気にする。一方で神宮とは付き合っていても、ゲイではないからか、一馬はそういった視線には無頓着《むとんちゃく》だ。他人からどう見られようが関係ない。

そんな一馬の開き直りが伝わったのだろうか。神宮はふっと口元を緩《ゆる》め、ベッドの反対側へと回り込んだ。

マットレスのスプリングが神宮の重みを受けて沈《しず》んだ。だが、それほど柔《やわ》らかい素材ではないのか、一馬の体まで揺れることはなかった。

平日の午後だから、売り場にはさほど客の姿はない。その中で男二人が同じベッドに寝転がっているのは、なかなかシュールな光景だ。それを第三者視点で想像してみて、一馬は吹き出《ふだ》す。

「何がおかしい？」

「いや、今のこの絵面《えづら》がな」

「お前が寝ろと言い出したんだろ」

神宮は不満そうに言って、先に体を起こした。

「なんだ、もうやめるのか。面白いのに」

そう言いながらもひとりで寝ているのもつまらないと、一馬も体を起こす。神宮にいたっては既《すで》にベッドから降りていた。

「もうこれにするよ。面白い体験をさせてもらったし」

一馬は笑顔のまま注文カードを引き抜いた。それから、早々に支払いを済ませ、配達を頼むと、他は一切《いっさい》見ることなく、家具店を後にする。

ベッドは必要に迫《せま》られ買うことにしたものの、それ以外はさしあたって、必要を感じていなかった。ずっと部屋には寝るためだけに帰る生活だ。部屋でくつろぐとか考えたこともなかったから、引っ越して生活が変わるなら、そのときに考えればいいだろう。

「早く決めすぎたか」

一馬は腕時計で今の時刻を確認して呟《つぶや》く。

予定では買い物をした後、一緒に飲みに行くつもりだった。今は午後五時を過ぎたばかりで、まだ飲むには早すぎる。

「だったら、時間潰《つぶ》しに本屋に付き合え」

「俺には全く用のない場所だけど、時間潰しにはちょうどいいか」

神宮の提案に一馬が乗っかり、二人は進路を変えた。

書店に向かう道は、決して人通りのない場所ではない。だが、一馬たちがその通りに差し掛かったときには、たまたま前を二人組が歩いているだけだった。

一馬は無言で神宮の腕を摑《つか》み、足を止めさせる。それだけで神宮も何かを察したのか、何も言わずに立ち止まり、一馬の視線の先を追っていた。

一馬が見つめる先には、二人連れの若い男がいた。その二人は自動販売機の前で立ち止まったままだった。だからといって、何か購入している様子はなく、二人して周囲の様子を窺《うかが》っているだけだ。

だから、一馬は二人のいる通りには出ずに、電柱《でんちゅう》の陰《かげ》に隠れて、その様子を窺うことにした。神宮もそれに倣《なら》い、陰から視線を送る。

周囲に誰もいないと判断したのだろう。男のひとりが手にしていた財布を地面に落とす。それはどう見ても意図的に落としたようにしか見えなかった。その証拠《しょうこ》に落としたとき、男の視線は財布に向いていた。二人はその場で何か話しているようだが、声までは聞こえない。

やがて男たちは財布はそのままにして、笑いながら立ち去った。いや、正確にはこの場から立ち去ってはいない。男たちは自販機とは道を挟んだ向かいの路地《ろじ》に入り込み、姿を隠しただけだった。

「何やってんだ、あいつら」

一馬は小声で呟く。

「動画を撮ろうとしているんじゃないか？」

一馬の独り言を拾い上げ、神宮が答えた。

「そんなもん撮ってどうすんだ？」

「財布を拾った人間がどんな行動を取るのか、それを録画して、動画をネットに上げるんだろう」

神宮の説明はわかりやすかったが、理解はできない。それの何が楽しいのか、一馬にはわからなかった。

「今は素人《しろうと》が簡単に動画をアップできるからな。それで注目を浴びたいという奴もいれば、収入を得る目的でする奴もいる。最近じゃ、自分たちの動画をより目立たせるために手段を選ばなくなってきてるらしい」

「嫌な世の中だな」

一馬は顔を顰めると、おもむろに歩き出した。

何をするつもりでいるのか、神宮に説明はしなかったが、きっとわかるはずだと、一馬は財布に向かって歩く。そして、財布のすぐそばで足を止めた。

「こんなとこに落とすかね」

「自販機で何か買おうとして出した後、しまい損《そこ》ねたんじゃないか」

打ち合わせもしていないのに、一馬の芝居《しばい》にあうんの呼吸で神宮が答える。

一馬は腰を曲げて財布を拾い上げた。合成皮革《ごうせいひかく》のいかにも安価な二つ折り財布だ。広げて中を確認しても、千円札が四枚入っているだけだった。万《まん》が一《いち》、持ち逃げされたときのことを考え、高額は入れておけなかったに違いない。

「いくら入ってた？」

「四千円」

「しみったれてるな」

問いかけに答えた一馬に、神宮は馬鹿にしたような笑いで返してきた。

一馬はその財布を手に、再び歩き出す。もちろん、後ろをついてくる男たちを意識しながらだ。

「どこに行くつもりだ？」

小声での神宮の問いかけに、一馬はニヤリと笑って返す。

「俺の新しい職場」

異動は来週の頭からで、まだ一馬は顔出しすらしていない。だが、知り合いくらいはいる。どうせなら、交番ではなく、管轄《かんかつ》の署に誘導してがっつり説教されるように仕組むつもりだった。ここから品川署が近いのもちょうどよかった。

品川署が見えてくると、明らかに背後の雰囲気《ふんいき》が変わった。それでも一馬はかまわず、神宮を伴《ともな》い、建物の中に入っていった。

「ある意味、ちょうどいい暇《ひま》つぶしになったな」

品川署の前からタクシーに乗り込み、行き先を告げてから、一馬は隣に座った神宮に向けて言った。

ベッドを買った直後ではまだ飲むには早い時刻だったが、今の財布の一件でおよそ一時間を費やした。今は午後六時過ぎ、飲み始めるに早すぎるということはなくなった。

「取りに来ると思うか？」

「来るだろ。じゃなきゃ、面白い動画を撮れなかったうえに四千円と小道具の財布をなくすことになるんだ」

「だから、あんなに念押ししたんだな」

そう言って、神宮が呆れたように笑う。

一馬は男たちが財布を取りに来ると確信していたから、簡単に渡さないようにと、顔なじみの警察官に頼んだのだ。男たちはただ財布を落としただけを装《よそお》ってやってくるだろう。だが、財布には持ち主を表すようなものは何も入っていなかった。誤魔化《ごまか》すためにか、どこかの店のポイントカードは入っていたが、名前の記載もない簡易《かんい》なものだ。

「まずは身元を確認され、その後でネチネチとどこで落としたのか、気付いたのはいつか、なんて聞かれるだけでも嫌な気分になるだろ」

「それを動画に撮らせないために、二人で来ても、落とした男だけを別室に連れて行けなんて指示もしたんだな」

そのやりとりを隣で聞いていた神宮が思い返しながら言った。

動画を撮ることに手段を選ばない奴らなら、警察でのやりとりなど格好のネタになるだろう。それを避けるために動画を撮らせないよう手を打っておく必要があった。

「これに懲《こ》りたら、もう馬鹿な真似《まね》はしないでくれたらいいんだけどな」

一馬は願望を口にしたが、きっと叶《かな》うことはないだろう。刑事として、いろんな人間に出会ってきた経験がそう確信させた。

「確かに、暇つぶしにはなったがな。あんな奴らに時間を取られたかと思うと、あまりいい気分じゃない」

神宮が嫌そうに表情を歪《ゆが》める。今もまだ一馬が他の男のことを気にしているのが気に入らないようだ。

「美味《うま》い酒でも飲んで、気分を変えよう」

一馬はそう言って、神宮を慰《なぐさ》める。

わざわざタクシーを使ってまで行く店は、何度も通っている二人のお気に入りだ。酒の種類が豊富で、それに合ったつまみも多い。二人とも忙《いそが》しくて、なかなかゆっくりと時間が取れないのだが、今日は朝から休みなうえに、まだ時間も早いからゆっくりと飲むことができる。きっと嫌なこともすぐに忘れられるだろう。

タクシーはそれから二十分走り、目的の店の前に到着した。そこで二人はかつてないほど長時間を過ごした。その間、飲み続けていたが、飲み潰れることはなかった。それでも電車を乗り継いで帰るのは面倒だと、帰りもまたタクシーだ。

「当たり前のように俺のマンションに来てるな」

「今から寮まで帰れって？　それは面倒だろ」

一馬は我がもの顔で神宮の部屋のソファでくつろぐ。

異動は来週だし、明日も多摩川西署に出勤しなければならない。当然、引っ越しもまだだ。飲んでいなければ明日の朝を考え、寮に戻ってもよかったのだが、これだけ酒が入っていると途端《とたん》に長距離の移動が億劫《おっくう》になる。

「これからは近くなるんだ。そう頻繁《ひんぱん》に来ることもなくなるな」

「なんでだよ」

神宮の呟きに一馬は疑問を返す。

「こっちまで出てくると帰るのが面倒だから、ここに来てたんだろう?」

「違う。お前が来ないからだ」

一馬は即座《そくざ》に反論した。

「確かに、こっちに用があるときは多かったけど、なくても用を作って来てたんだよ」

そうしないと会えないからだと一馬は訴《うった》えた。

一馬だけでなく神宮も忙しいいし、決まった休みが取れるわけでもない。会おうという努力をしなければ、自然と会わなくなってしまうのは目に見えていた。過去の恋人たちとはそうやって別れることが多かったから、これまでのような自然消滅《しぜんしょうめつ》で終わらせたくなかった。

予想外の言葉だったのか、神宮は驚《おどろ》いた顔で一馬を見ている。

「だからさ、異動が嬉《うれ》しいってわけじゃないけど、お前んちの近くに引っ越せたのはラッキーだった」

そう言って、一馬はニカッと笑う。

来週から一馬が暮らす予定のマンションは、この神宮の部屋まで車を飛ばせば二十分で着く距離にある。今まではここに来るだけでも時間がかかっていたのだ。ただの移動に時間を費やさなくなったことだけでも、今回の異動を素直に喜べた。

不意に一馬の前に影《かげ》がかかる。神宮が一馬の正面に移動してきていた。

見下ろす神宮を一馬が見上げる。いつにない体勢で見つめ合う二人の距離は、すぐにゼロへと縮《ちぢ》まっていく。

ソファの背もたれに押しつけられ、上から覆《おお》い被《かぶ》さってくる神宮と唇《くちびる》を合わせる。もちろん、一馬に拒《こば》む理由はない。自然と受け入れ、軽く唇を開いた。

重なり合う唇がいつもより熱を持っているように感じる。それはきっと気のせいではないはずだ。さっきの一馬の台詞《せりふ》の何が神宮の琴線《きんせん》に触れたのか、神宮は既に興奮《こうふん》しているらしかった。

上から口づけられている体勢のせいか、入り込んでくる神宮の舌を押し返せない。一馬も神宮の口中を貪《むさぼ》りたいのに、この体勢ではされるがままだ。

口内を神宮の舌で思う存分に刺激され、一馬の体が熱を持ち始める。これ以上、体が刺激に翻弄《ほんろう》される前に、一馬は神宮のカーディガンを摑んで、力尽くで隣に座らせた。されるまま流されるわけにはいかない。

一馬の行動によって、唇は離れてしまったが、二人の表情にはどちらも興奮の色がはっきりと浮かんでいる。キスだけでは終われないと、物言わずとも二人の瞳が語っていた。

隣り合って座り、上半身だけを向かい合わせる。

今度は一馬が先に手を出した。神宮の肩からカーディガンを抜き取り、床に落とす。それに対して、神宮はニットの裾《すそ》を捲《まく》り上《あ》げるようにして、一馬の胸に手を這《は》わせてきた。

「そこより、こっちだろ」

一馬はそう言って、神宮の股間《こかん》へ手を伸ばした。パンツのボタンを外し、ファスナーを下ろして、下着を前だけずり下ろす。

まだキスしかしていない。にも拘《かか》わらず、やんわりと力を持ち始めた中心が引き出された。神宮にしては反応が早い。

「やる気になってんじゃねえかよ」

「お前こそ」

すっと神宮の手が一馬の股間に伸びる。神宮のパンツよりも生地《きじ》の厚いデニムなのに、昂《たか》ぶりは神宮よりもはっきりとしていた。

「お前に触れるのは久しぶりなんだ。仕方ないだろ」

一馬は早速《さっそく》とばかりに、手のひらで神宮の中心を包んだ。

他人のものに触れることにも全く躊躇がなくなった。とはいっても神宮限定だが、手に触れたこの感触に、一馬は生唾《なまつば》を飲み込む。

「久しぶりすぎて、俺はもっとじっくりと味わいたかったんだが、仕方ない」

神宮はやれやれというふうに肩を竦《すく》め、一馬の前を緩める。一馬の中心は待ちかねたようにずり下げられた下着から勢いよく飛び出した。

「早く可愛がってやらないと可哀想《かわいそう》だ」

そう言うなり、神宮は一馬の屹立《きつりつ》を包んだ手を上下に動かし始めた。一馬もすぐさま負けじとやり返す。

神宮を昂ぶらせたいという気持ちもあるものの、神宮より先にイキたくないという気持ちのほうが強い。それが自然と一馬の手の動きを速めさせた。

「お前はそういうほうが好みか？」

不意に神宮が問いかけてくる。

「何がだよ」

「手の動かし方が荒々《あらあら》しい。俺はもう少しじっくりされるほうが好きなんだがな」

指摘《してき》され、一馬は気まずさから視線を逸《そ》らす。同じ男のものだから、つい慣れ親しんだ自身を扱《しご》くときのような動きになっていたのだろう。完全に無意識だった。

「ま、お前が激しめの愛撫《あいぶ》が好きなのは知っていたけどな」

ただ一馬を辱《はずかし》めるためだけに言ったのだと、神宮は笑っている。

これまで神宮には数えきれないほど愛撫をされてきた。一馬の弱いところもいいところも、神宮は一馬以上によく知っていた。

「……っ……」

証明《しょうめい》するかのように、神宮が屹立を包む手に力を込めた。微《かす》かに感じた痛みは、一馬にとって気持ちいい刺激だ。背中に走った震《ふる》えに、一馬は思わず息を呑《の》んだ。

「ちゃんとお前の好きなように扱いてやる。お前も好きに動かせばいい」

神宮は余裕の態度を崩《くず》していないが、神宮の体は正直に快感《かいかん》を訴えていた。愛撫の方法が好みかどうかは関係なく、ただ一馬に触れられている、それだけで神宮が感じている。一馬の手の中で中心は確実に存在感を増していた。

一馬も神宮も相手を昂ぶらせることに夢中で、与えられる快感に没頭《ぼっとう》し、言葉を忘れる。二人の息づかいだけが室内に響《ひび》いていた。

「は……あ……」

掠《かす》れた息を漏《も》らしたのはどちらだったのか。一馬が見つめる先に、伏《ふ》し目《め》がちで、頬《ほお》を上気させ、唇を薄く開いた神宮がいる。その唇から漏れ出た吐息かもしれないと、一馬はその唇に近づいていく。

口づけがさっきよりも濃厚《のうこう》で濃密《のうみつ》になり、より淫靡《いんび》なものになっていく。舌を絡《から》ませ合《あ》い、互いの唾液《だえき》が混じり合う。

唇が離れる頃には、二人の中心は完全に勃《た》ち上《あ》がっていた。キスの間も手を止めず、扱き合っていたからだ。

「そろそろイクぞ」

一馬は熱い声で訴える。

「ああ、俺もだ」

珍《めずら》しく素直に同意した神宮の声も熱い。二人は最後の瞬間を迎えるため、さらに手を動かした。

「……っ……」

息を詰め、一馬は迸《ほとばし》りを神宮の手の中に放った。神宮は無言だったが、一馬の手もまた濡《ぬ》れていた。

一馬は肩で息をしながら、近くにある神宮の顔を見つめた。性急に追い詰め合った射精の後だからか、瞳は潤《うる》んでいるし、激しいキスの影響《えいきょう》で唇は濡れている。

「エロい顔してる」

そう言いながら、一馬は濡れていないほうの手を伸ばし、神宮の頬を撫《な》でた。

「なんだ、もう元気になり始めたぞ」

「お前のイき顔がエロすぎるせいだ」

だからこれは仕方ないのだと一馬は開き直る。達したばかりなのに、体が熱くなってくるのは、全て神宮のせいだ。

「簡単な奴だな」

淫猥《いんわい》な雰囲気を残したまま、神宮が誘《さそ》うように艶然《えんぜん》と微笑《ほほえ》む。

「もっとお前に触りたい」

一馬はストレートな欲望をぶつけた。その言葉を受け、神宮は笑みを崩さず、カットソーを脱《ぬ》ぎ捨てた。

「それで、お前は？」

神宮が一馬の胸元を見ながら指摘する。

「あ、ああ」

すっかり忘れていた。一馬は服を脱いでいない。ただデニムの前を緩めただけだった。神宮に負けじと、急いでニットとその下に着ていたタンクトップも脱ぎ捨てる。これでお互い、上半身は裸になった。

神宮の肌に誘われるように、一馬は顔を近づけていく。そして、まずは剝《む》き出しになった鎖《さ》骨《こつ》に口づけた。男の鎖骨を色っぽいなどと思う日が来るとは想像もしていなかったが、むしゃぶりつきたくなる本能には抗《あらが》えない。

一馬と違い、神宮は人前では着替えをしないから、服で見えない場所にならキスマークをつけても問題ない。一馬は唇の触れる場所に痕《あと》を残しながら、神宮の肌を愛撫していく。背中に回した手は、自然と腰からさらにその下を目指した。

「無理やりにはしないんじゃなかったのか？」

一馬の手がパンツ越しとはいえ、尻の狭間《はざま》を撫でたことに、神宮が不快《ふかい》そうに抗議《こうぎ》の声を上げた。

「無理にはしてないだろ。けど、その気になってきたんじゃないか？」

一馬は尻《しり》を撫で回しながら問いかけた。

「なるわけないだろう」

神宮は鼻先で笑って一刀両断《いっとうりょうだん》で切り捨てる。

「まだダメか……」

一馬はがっくりと肩を落とす。

毎回、こうして一馬が抱くことを神宮に拒まれてはいるが、決して諦めてはいない。擦《こす》り合うだけでこれだけ気持ちいいのだ。神宮の中に入れれば、どれだけの快感が得られるのか。期待だけで興奮してしまう。

「やめるか？」

「これだけじゃ、物足りないっての。お前もだろ？」

「ああ。だが、お前も抱かせてはくれないんだろう？」

「当たり前だ」

一馬も間髪《かんはつ》入れずに即答した。

神宮は一馬と違い、同意がなくても抱こうとしてくる。まともにやりあえば腕力で負けることはないから、今のように向き合った状態《じょうたい》では強引に進められない。だから、ムダと知りつつ一馬の意思を確認してきたのだろう。

一馬はしばし考えた後、ソファから降りることにした。そして、床に膝《ひざ》をついて神宮の足元に座る。

「口でしてくれるのか？」

問いかける神宮の声は意外そうに聞こえた。一馬から積極的に口で愛撫をすることは滅多《めった》にないからだろう。

「このままじゃ終われないからな。せめて俺の口でイかされるエロ顔くらい見せやがれ」

「それくらいならいくらでも」

神宮は余裕の態度で微笑んでみせる。

一馬の目の前には、達したばかりで力を失った神宮自身があった。一馬はそれに顔を近づけていく。

口を開き含《ふく》んでみると、さっき放ったもので濡れていたそこは、少し苦みが感じられた。決して美味しいわけではなく、一馬は顔を顰めつつも、口を限界にまで開き、喉《のど》の奥まで引き入れる。

「ふ……ぅ……」

微かに神宮の吐息が漏れ聞こえる。

あまり口ではしないといっても、同じ男だからいいところはわかるし、神宮には何度もしてもらっているから、やり方も身をもって覚えていた。一馬は頭を動かして唇で扱きながら、合間に唇で舐《な》め回す。

　一馬の口中で神宮の屹立は徐々に形を変えていく。その反応が一馬の中心にも勢いを取り戻させる。チラリと上目遣いで神宮を仰《あお》ぎ見れば、瞳を伏《ふ》せ、ただ快感を追っているだけの姿が映り込んだ。

　一馬がわざわざソファから降りて、この体勢になったのは、神宮から自分の尻を遠ざけるためだった。ソファ上で背を屈《かが》める格好だと、無防備な背後を狙《ねら》われるし、シックスナインなら尚更《なおさら》危ない。だから、神宮がこうして快感を受けるだけしかできない体勢を選んだのだ。しかも、大事なところを一馬に押さえられているから、迂闊《うかつ》には動けない。

　神宮が一馬の首筋《くびすじ》に手を這《は》わせる。一馬は愛撫をしている側なのに、撫でられた刺激だけで体が震えるのは、さっきの余韻《よいん》が残っているせいだ。物足りなさを感じていた体が、その余韻に引きずられ、僅《わず》かな刺激にも反応してしまう。

「そろそろ出すぞ」

　神宮に声をかけられるまでもなく、一馬の口中にある屹立が限界を訴えているのはわかった。触れ合いたい欲求は強くても、迸りを飲み込むかどうかは別問題で、一馬は急いで顔を離した。その直後、一馬の顔面に温かい液体がふりかかる。

「お前なぁ……」

　咄嗟《とっさ》に瞼《まぶた》を伏せたことで、目の中に入るのは防《ふせ》げたが、顔を避けることはできなかった。もっと早く言うか、顔は避けるかしてほしかったと、一馬は不満の声を上げる。

「悪かった。自分で思っている以上に余裕がなかった」

苦笑交じりにそう言われれば、一馬もそれ以上は責められない。

「もういいけどさ。何か、拭《ふ》くものをくれよ」

一馬は目を閉じたままで神宮に言った。瞼にも濡れた感触があり、さっきから目を開けることができなかった。

「そこにお前の脱いだタンクトップがあるぞ」

「どこだよ」

神宮にそう言われ、一馬は自分の周りを手の感触だけで探す。

濡れた顔が気持ち悪い。早く顔を拭きたい。それだけしか考えていなかったから、一馬は今の自分の状況《じょうきょう》が見えていなかった。神宮の前で視界をなくしているのだ。

「ちょっ……」

不意に足首を摑まれ、一馬は驚きの声を上げる。

神宮が動いた気配など感じなかった。気配を殺したのもあるのだろうが、一馬が他のことに気を取られていたせいだ。

足首を摑んでいるのは神宮以外にありえない。そして、その神宮が足首を摑むだけで終わるはずもなく、デニムパンツを裾から引っ張られ、その衝撃《しょうげき》に体が前へと傾《かたむ》いた。手をついたから倒れ込むことはなかったが、四つん這いのような格好で、しかもずり下げられたパンツが膝にまとわり付き、足の動きを封じられた。

「何しやがる」

「俺のことは気にするな。お前はこれで顔を拭いてろ」

顔に押しつけられたのはシャツではなく、感触でタオルだとわかった。一馬は片方の手を床につき、逆の手で顔を急いで拭《ぬぐ》う。

もちろん、その間、神宮がおとなしく待っているはずがない。

「あっ……」

後孔に滑った感触を感じ、一馬はタオルを摑んだままその手も床についた。かろうじて顔を拭き取れたから、振り返ってみたものの、角度的に尻に当てられたものの正体を確認することはできなかった。

「う……くぅ……」

指よりも少し太くて硬い何かが、一馬の中に押し入ってくる。その不快感に一馬は顔を顰めた。

「抜け……よ……」

馴染《なじ》むはずのない異物感に、一馬の声が震える。

「美味そうにすんなりと呑み込んだのにか？」

「誰がっ……ああ……」

反論は中の異物をより奥へと押し込められたことで封じられた。一馬は床についた手の中に顔を埋《うず》める。

「ほら、悦《よろこ》んでる」

嬲《なぶ》る言葉に、一馬は唇を嚙《か》みしめ、無言で首を横に振る。

後ろを異物で犯され、悦んだりはしない。そう言いたいのに、声を出せばおかしな響きを持ってしまいそうで何も答えられなかった。

「強情だな。これならどうだ？」

「ああっ……」

中で異物をぐるりと回転させられ、一馬は背を仰《の》け反《ぞ》らせて声を上げる。

「いいところに瘤《こぶ》が当たるだろう？　よくできてるオモチャだ」

聞こえてくる神宮の声は満足げだが、一馬はそれどころではなかった。最初は気付かなかった異物の瘤が肉壁を抉《えぐ》るせいで、違和感《いわかん》が快感へと変わっていた。

「はっ……ぁ……」

声は殺せても熱い息までは殺せない。一馬が吐き出す息の熱さに、神宮の手の動きが激しくなる。

一馬の体からは完全に力が抜け、床に手をつくこともできなくなった。上半身を床につき、神宮に掴まれた腰だけを高く持ち上げたような格好だ。尻を神宮に突き出しているとわかっていても、もう一馬には抗う術《すべ》はなかった。

「お前ばかり楽しませるのは、そろそろ終わりだ。次は俺も楽しませてもらう」

神宮はそう宣言《せんげん》し、異物を引き抜いた。けれど、ほっとする間もなく、今度は神宮の指が一馬を犯す。

「なかなかいい具合に解《ほぐ》れてる」

「ふざけ……ん……」

神宮の指に中を掻《か》き回され、一馬の声が途切《とぎ》れる。神宮の言うとおり、オモチャで弄《いじ》られていた中は、神宮の指くらいはすんなりと呑み込んでしまう。

神宮はすぐに指を増やし、二本の指で中を広げていく。その動きにも一馬の体は快感を拾い上げ、萎《な》えていた中心は再び力を持ち始める。

「俺が楽しむ番だというのに、またお前が楽しんでるようだな」

神宮が中に指を入れたまま、前にも手を伸ばす。一馬が感じていることなど、神宮にはとっくに見抜かれていた。

「もっとも、どうせなら一人より二人で楽しみたいから、ちょうどいいが……」

独り言なのか、一馬に聞かせるつもりなのかはわからないが、どちらにせよ、一馬に答えることはできない。前に回った神宮の手がやわやわと屹立を揉《も》んでいるし、後ろには既《すで》に指が三本も入っていて押し広げながら弄られている。前も後ろも同時に責められ、一馬にできるのは感じることだけだった。

「神宮……もっ……イか……せろっ」

「イかせて欲しければ、入れてって言ってみろ」

神宮がありえない要求を突きつけてくる。一馬を辱めることが目的の言葉だ。

「言うかっ……」

「素直に言うわけないか」

わかっていたというふうに、神宮が小さく笑う。

「なら、仕方ない」

すっと引き抜かれた指の代わりに、大きくて熱い塊《かたまり》が押し当てられ、それはすぐに一馬の中に入り込んできた。

「あっ……ああっ……」

固くて大きな凶器に犯され、一馬は堪《こら》えきれず一際《ひときわ》大きな声を上げた。

「悦んでもらえて何よりだ」

揶揄《からか》うような神宮の声にも熱が籠《こ》もる。

早く入れたかったのは神宮のほうで、悦んでいるのも神宮のほうだ。そう言いたくても、一馬の口からはまともな言葉は出てこない。後ろで感じたくなくても、神宮の凶器に中を抉られる度、圧迫感《あっぱくかん》を上回る快感に苛《さいな》まれる。言葉は意味をなさず、ただ感じていると訴える声しか出なかった。

神宮の腰使いは激しい。きっと一馬に口で愛撫されている間も、一馬の中を犯す想像で昂ぶっていたのだろう。神宮の動きに余裕は感じられなかった。

「あっ……あぁ……っ……」

神宮に突き上げられ、一馬の口から声が押し出される。一馬の屹立は再び限界にまで張り詰めていた。

一馬は早く解放されようと、自身へと手を伸ばす。だが、昂ぶりに触れる前に神宮に手首を摑まれた。

「まだだ」

無慈悲《むじひ》に言い渡した神宮は、そのままもう片方の手首も摑み、一馬の両手を床に押しつけた。通常時ならこんなふうに神宮の好きにはさせない。けれど快楽《かいらく》に支配された今の状態では、体に力が入るはずもなかった。

一馬の両手を押さえつけているせいで、神宮も先ほどよりは自由に動けない。一馬の背中に神宮の肌の熱を感じさせるほど覆い被さった状態で、神宮は腰だけを動かし続ける。

一馬はとっくに限界だったが、既に二度《じ》も達している神宮は、そう簡単には達することはできない。そのせいで、一馬は射精を焦らされる。

「も……早くっ……イけ……よっ……」

「お前がイったらな」

「だった……ら……ああっ……」

イかせろという言葉は声にはならなかった。神宮により深く貫《つらぬ》かれたからだ。

「後ろだけでイけばいいだろう。俺はそこまでは止めてない」

無理だと一馬は首を横に振る。

「大丈夫だ。お前ならできる」

余計な励《はげ》ましを受け、一馬はさらにかぶりを振る。後ろだけで達することは男のプライドが許さない。けれど、このままでは時間の問題だ。それくらい、一馬の中心は張り詰めているし、与えられる快感も強烈《きょうれつ》すぎた。

神宮に揺さぶられ、奥を突かれる。零《こぼ》れ出した先走りが一馬の屹立を伝い、床に敷いているラグに染みを作っていく。一馬の押さえつけられた手のひらに滲《にじ》んだ汗も、きっとラグを汚しているだろう。

「も……もう……イクっ……」

言葉にしたことが合図となって、一馬はとうとう前に触れられないまま射精してしまう。そして、そのまま力をなくした一馬から神宮は屹立を引き出し、一馬の双丘に熱い迸りを解き放った。

「お前、ふざけんなよ」

余韻に浸《ひた》る間もなく、一馬は神宮に不満をぶつける。そして、すぐさま、神宮に向き直った。神宮相手に尻をさらけ出しているのは危険だ。体にはまだ完全に力が入らないものの、どうにかソファを背中にして座り直す。

「ふざけた覚えはないが？」

全裸の一馬とは違い、既に身なりを整えた神宮が、澄《す》ました顔で問い返す。

「ふざけてんだろうがよ。なんだよ、これは」

一馬は目に止まったものを足で蹴飛ばし、顔を顰める。それは一馬を犯していた大人のオモチャだ。なんという名前なのかは知らないが、ディルドよりは細くて黒い物体が濡れて光っているのが、ますます忌々《いまいま》しい。

「また、おかしなもの買いやがって」

神宮が一馬に使用するために、こういったアダルトグッズを購入しているのは知っている。実際、買うところを見たことはないが、神宮自ら打ち明けていた。

「引越祝《いわ》いにやろうか？」

「絶対にいらねえ」

即座に拒否《きょひ》した一馬に、神宮が声を上げて笑う。

「笑いごとじゃねえよ」

「お前が持っていたほうが安全だとは考えないのか？」

「そうなったら、どうせまたすぐに新しいのを買うんだろ」

「さすがによくわかってるな」

笑みを浮かべた神宮とは対照的に、一馬はますます顔を顰める。これほど当たって嬉しくない予想はない。

「引越祝いなら、もっとまともなものを寄越せ」

「考えておこう」

ニヤリと笑う神宮に、やはり一馬は嫌な予感しかしない。

「早く引っ越しするしかないな」

見慣れた神宮の部屋を見回し、一馬はぽつりと呟く。

「どうしてだ？」

「俺の部屋なら、お前も仕込みができないだろ」

今回も神宮はソファ周りにオモチャやらローションやらを隠していたに違いない。ここだけではない。どこでも一馬に隙《すき》ができればそれを逃《のが》さないため、部屋中、至《いた》る所に何か仕込んでいるのだ。

「そうだったな。部屋が近くなることを喜んでいる場合じゃなかった」

「そこは素直に喜んでおけよ」

一馬は笑って軽く神宮の肩を叩いた。

一馬が近くに越してくることを神宮は喜んでいたのだと、自らの口で聞かされ、一馬はしばらく緩んだ顔を元に戻せなかった。

2

品川署に初出勤した朝、一馬は思ってもいなかった歓迎《かんげい》を受けた。

「河東一馬くんだね。刑事課長の根元《ねもと》だ」

にこやかな笑みを浮かべて近づいてきたのは、一馬にとっては見ず知らずの男だった。黒髪をぴっちりと後ろに撫でつけ、眼鏡《めがね》をかけたインテリそうな外見は、一馬とは相容《あいい》れないものだし、このタイプの男に好かれる要素もない。だからこそ、この親しげな態度には不信感しかなかった。

「どうも、河東です」

愛想《あいそ》のかけらもなく、一馬は小さく頭を下げる。

「私も今日、着任したんだ。ここでは新人同士、共に頑張ろう」

差し出された右手を拒むほど子供でも世間知らずでもない。一馬も右手を差し出し、握手《あくしゅ》に応じる。一馬がしたのはそれだけだが、根元は満足そうだった。そして、笑顔のまま根元は立ち去った。

「胡散《うさん》くせえ」

遠ざかる後ろ姿に、一馬は小声で呟く。

これまで上司から好かれたことなど一度もない。勝手をしている自覚はあったから、好かれるとも思っていなかったし、好かれようとも思っていなかった。

一馬がどんな刑事なのかは、いい意味でも悪い意味でも有名だ。いくらこれまでに接点がなくても、ああして話しかけてくるくらいだ。それなりに一馬のことは知っているはずだ。威圧的にこられるならともかく友好的なのは理解できない。

「まあ、いいか。考えてても仕方ない」

一馬はすぐに頭を切り替えた。

どこにいようと誰が上司になろうと、刑事である一馬がすることは同じ、事件が起きれば捜査《そう》《さ》をして、犯人《はんにん》を捕まえるだけだ。つまり事件が発生していなければ自由にしていいと、着任の挨拶《あいさつ》も早々に切り上げた。

一時間足らずで品川署を後にして、向かう先は神宮のいる科捜研だ。これまでから考えると、品川署から科捜研は目と鼻の先に思えるほど近い。

「やっぱ近いな」

通い慣れた科捜研内の神宮の部屋に着くなり、一馬は素直な感想を口にした。

「いきなりなんだ?」

さすがに唐突《とうとつ》すぎたのか、いつもは顔さえ向けないこともあるのに、今日は振り向いて神宮が問いかける。

「いやさ、品川からだとここに来るのも近くていいなってことだよ」

「サボりやすくなったか？」

「サボろうとして来てんじゃねぇよ」

一馬はムッとして言い返した。

「なら、今は仕事か？」

改めて尋ねられ、一馬は一瞬だけ考えてニヤリと笑う。

「異動の挨拶だな」

「俺に挨拶をしてどうするんだ」

神宮がふっと小さく口元を緩めて笑う。一馬の言い訳に呆れたようだ。

「なんだ、また来てたのか」

別の呆れた声が聞こえたのは、一馬が顔を向けるのと同時だった。

「先輩《せんぱい》、お久しぶりです」

満面《まんめん》の笑みを浮かべた吉見《よしみ》が本条《ほんじょう》を押しのけ入ってきた。どうやら二人は廊下《ろうか》を歩いていて、先に本条が一馬に気付き、それを知った吉見が乱入してきたようだ。

「本条さんは捜査中ですか？」

一馬は吉見を無視して本条に尋ねる。

「その聞き方だと、お前は違うみたいだな」

「俺は挨拶回りにね」

さっきと同じ言い訳を口にして、

「なんか、手伝います?」

一馬はそう気軽に申し出た。

「品川署の事件じゃないからな。お前が出てくるとややこしくなる」

「いいじゃないですか。手伝ってもらいましょうよ。俺、久しぶりに先輩と一緒に捜査がしたいです」

全く空気を読まない吉見を、一馬も本条もチラリと横目で見て苦笑する。

「俺が品川署に異動になったこと、知ってるんすね」

「当たり前じゃないですか」

本条に言ったのに、吉見が答える。おそらく本条が知っていたのは吉見に教えられたからだろう。その吉見が知っていたのは、叔父《おじ》の副総監《ふくそうかん》から聞いたのかもしれない。

「引っ越しはもう落ち着いたか?」

「元々、物が少ないんで、たいした引っ越しでもなかったんですよ」

「俺はこき使われたがな」

それまで黙っていた神宮が話に入ってきた。

「手伝わされたか?」

「業者に頼まず、俺の車で運んだんで」

「そりゃ、ご苦労だったな。けど、確かにそれで済むなら荷物は少なそうだ」

本条は神宮を労った後、ふと思い出しように一馬に向き直った。

「ああ、そうだ。お前、ソファはいらないか？」

「持ってないですけど、欲しいとも思ってないんですよね」

「あると楽だぞ」

一馬にそう言ったのは神宮だ。

神宮の部屋にはソファがある。そして、一馬も神宮の部屋にいるときはほとんどそのソファに座っていた。

これまでの一馬の部屋は畳敷きの和室だったから、直接床に座ることに抵抗はなかったが、フローリングの床になると違うのかもしれない。そう他人事《ひとごと》のように思うのは、引っ越したばかりで、まだあまり新居で過ごしていないからだ。

「結婚する後輩が彼女とソファがダブって持て余してるんだ。どちらも捨てるにはもったいないくらいに綺麗《きれい》なままらしい」

「タダなら、もらっておこうかな」

一馬は自分の新居を思い浮かべながら言った。これまでの部屋より広いせいか、今の家具だけではなんとなく物寂《ものさみ》しいとは思っていた。

「わかった。そう伝えておく」

本条が快《こころよ》く仲介《ちゅうかい》を取り持ってくれることになり、おまけに、手が空《あ》いたら運んでくれるとまで約束してくれた。

そして、捜査中だから長話をしている時間はないと、名残《なごり》惜《お》しそうな吉見を引っ張って本条は去って行った。

「これでお前の部屋も少しは人が住めるようになるな」

「今だって住んでるっての」

神宮の言い草に一馬が即座に反論する。

「引っ越ししてから、自分の部屋で寝たのは何日だ？」

冷静に問いかけられ、一馬はそっぽを向き、誤魔化《ごまか》し笑いをする。

「しょうがないだろ。お前の部屋が居心地《いごこち》いいんだから」

それは嘘《うそ》ではなく一馬の本心だ。以前と違い、お互いの家が随分《ずいぶん》と近くなったから、帰るのが楽になったはずなのに、通いやすくなったからと、ますます神宮の部屋に入り浸る結果となってしまっていた。事実、引っ越しして四日が過ぎたが、一馬が自分の部屋で寝たのはたった一日だけだった。

「ソファが届いて、俺の部屋の居心地が良くなったら、お前が入り浸るのを許してやろう」

一馬は偉《えら》そうに言った。てっきり神宮が反論するかと思ったのだが、何故《なぜ》か、神宮は小さく笑うだけだ。もしかしたら、そんなふうに招待されるのが嬉《うれ》しいのだろうか。言葉にして確かめるのは野暮《やぼ》な気がして、一馬も笑顔を返した。

本条から手が空いたと連絡が来たのは思いのほか早く、一週間後のことだった。運良く一馬も同じ日に休みが取れた。まさか神宮まで休むとは思わなかったが、結局、二人して本条を出迎えることになった。

「あの軽トラがそうみたいだな」

視力のいい一馬は運転席にいる本条に気付き、右手を挙げて合図する。何故か助手席に吉見がいたが、そこは気付かなかったふりをした。

マンション前に立つ一馬たちの前に、本条が運転する軽トラックが横付けされる。荷台には二人がけの革《かわ》張《ば》りソファがロープで固定されていた。

「お待たせしました」

助手席から飛び出した吉見が一馬の前に立つ。

「なんで、お前がいるんだよ」

「ソファを運ぶんだから、人手が必要じゃないですか」

一馬の咎《とが》めるような問いかけに、吉見は気にしたふうもなく、満面の笑みで答える。

「すまん。どこから嗅《か》ぎつけたのか、出かける前に捕まった」

苦笑いの本条は一馬にではなく、神宮に謝罪《しゃざい》した。神宮が吉見を嫌っているのは、吉見以外、誰もが知っていることだからだ。

「コンビなら非番の日はわかりますから、本条さんの責任ではありませんよ」

神宮がそう言いながら、悪いのはストーカー紛《まが》いの真似《まね》をする吉見だと言外に匂《にお》わせる。もっとも吉見は睨《にら》み付けられても気にした様子はない。

「本条さんの私服って、初めて見たな。若く見えますね」

一馬は珍《めずら》しい本条の姿に、しみじみとした口調で言った。

本条と会うときは仕事中のことが多く、いつもスーツだから、Tシャツにゆったりとしたデニムを身につけた本条は、いつもよりも若く見えた。

「先輩、俺も私服です」

勢い込んで報告する吉見に、一馬は改めて視線を向ける。

ペパーミントグリーンのパーカーに細身のデニム姿の吉見は、童顔《どうがん》なのもあって大学生どころか、高校生のようだ。本条と並ぶ姿は決して同僚《どうりょう》には見えない。親子とは言わなくても、叔父と甥《おい》といったところだろうか。

「お前は私服になると、ますます非力な感じがする」

一馬は正直な感想を口にしてから、本条に顔を向けた。

「本条さん、連れてくるならコイツじゃなくて、堤《つつみ》さんがよかったです」

「堤か？」

一馬が言った同僚の名前を本条は意外そうに問い返す。堤は本条と同じ捜査一課《そうさいっか》の刑事だ。一馬からしてみれば知人といった程度の関係のはずだからだ。

「あの人なら、これくらいのソファもひとりで運べそうじゃないですか」

「まあ、確かに、あいつなら運べるかもしれん」

それなら納得だというふうに本条が頷《うなず》いて返す。

元SATの堤はスーツの上からでも鍛《きた》えげられた肉体が窺《うかが》い知れるほどだ。腕力には自信のある一馬も、堤には敵《かな》わないと素直に認められる。

「堤はなぁ、亘《わたり》の許可がないと借りられないんだ。だから、面倒で声をかけなかった」

今度は本条が同僚の名前を口にした。藤村亘《ふじむらわたり》は本条の同期で、堤の相棒《あいぼう》でもある。かなり傲《ごう》慢《まん》で自分勝手な性格だというのは、短く浅い付き合いの一馬でも知っているが、まさか、堤の行動にまで口出しするほどだとは思ってもいなかった。

「それは確かに面倒ですね。納得です」

一馬にしても本気で堤を連れてきて欲しいと思ったわけではない。誰かを連れてくるなら吉見ではなく堤のほうがいいと思っただけだ。だから、引き下がるのも早かった。

「先輩、ひどいですよ。そりゃ、堤さんには負けますけど、これでもジムに通ってるんです。神宮さんよりは力がありますよ」

「ジム？　捜査一課ってそんなに暇《ひま》なんですか？」

　一馬は吉見ではなく本条に尋ねた。

　以前に吉見が中国語の教室に通っていると聞いたことがある。捜査一課の刑事がジムや語学教室に週に何度も通うことができるのが不思議《ふしぎ》だった。

「吉見は特別だからな。他の刑事は本庁に住んでるんじゃないかってくらい、家に帰ってない奴もいるぞ」

「ですよね」

　やはりそうかと一馬も納得する。吉見を基準に考えるのがおかしいのだ。警察庁《けいさつちょう》の高官だという吉見の父親も、叔父である警視庁副総監も、ことさら吉見のことに口出しはしていないはずなのに、周りが勝手に気を遣う。そしてまた吉見も気にせずその気遣いを受け入れた結果、今のような特別待遇《たいぐう》となってしまった。

「そろそろ運ぶぞ」

　立ち話に焦れたのか、神宮が声をかける。大人の男が四人も必要なさそうなソファだが、神宮が率先《そっせん》して運ぼうとしているのは、さっきの吉見に対抗してのことだろう。神宮もまた力自《ちからじ》慢《まん》ではないはずだが、吉見への対抗意識が芽生《めば》えたらしい。

　とはいえ、結局、力仕事に慣れている一馬と本条がメインとなってソファを持ち上げ、神宮が誘導をし、吉見は後をついてくるだけだった。

「ここが先輩の部屋……」

ソファを運び終えた一馬たちの後ろから、吉見が感動したように呟くのが聞こえる。

前の所轄では独身寮暮らしだったから、人を招《まね》くことはほとんどなかった。もちろん、吉見が来たことはない。

「本当に何もない部屋だな」

本条は呆れたような口調だ。運び終えたばかりのソファ以外には、神宮と選んで買ったベッドとローテーブルがあるだけなのだ。この部屋には作り付けのクローゼットがあるから、他の家具は必要なかった。

「古いものは処分《しょぶん》してきたんですよ」

「テレビもか？」

「あっても見ないんで」

だからいらないと、小さな冷蔵庫と一緒に業者に引き取ってもらい、冷蔵庫だけは買い直した。

「おかげで引っ越しも俺の車で一度運ぶだけで済みましたよ」

そうは言いながらも神宮も若干《じゃっかん》、一馬の物の少なさに呆れている。実際、引っ越しの際にも、本当にこれだけなのかと念を押されたくらいだ。

基本的に私服は少ないし、スーツも数着を着回すだけだから、衣類は段ボール二箱で収まった。自炊はしないから調理道具もなければ食器もほとんどなく、わずかにあったマグカップやグラスは新聞紙に包んで紙袋に入れるだけで終わったくらいだ。布団を入れても荷台と後部座席に積み込むだけしか、荷物はなかった。

「だから、こうしてソファをもらえることになったんだから、物が少なくて正解だったんですよ。買わずに済んだんだから」

一馬が笑ってそう言うと、

「それじゃ、飲みに行きますか。奢《おご》りますんで」

財布を手にして本条を誘う。

本条がソファを運んでくれると電話をもらったとき、それなら終わった後に奢るから飲みに行こうと言ってあったのだ。吉見が来たのは誤算だったが、飲めない男だから、ひとり増えても予算的には問題ないだろう。

飲むのなら、本条が借りてきた軽トラックを先に返してくるというので、店の名前と場所を教えて、後で集合することになった。返すだけなら必要ないだろうに、神宮の冷たい視線に気付いたのか、本条は吉見も連れて行った。

わかりやすい場所ということと、知っている店ということで、品川駅近くの居酒屋で四人は集まった。

「品川署にはもう慣れたか?」

お疲れさまの乾杯《かんぱい》の後、気になっていたのか、本条がすぐさま尋ねてきた。

「どこに行ってもやることは変わらないんで、新鮮《しんせん》さもないっすよ」

「お前なら知らない場所でも気後れすることもないか」

「そんな繊細《せんさい》なタマじゃないのは確かですね」

訳知り顔で言った神宮の腹を一馬が肘《ひじ》で小突《こづ》く。四人がけのテーブルは、吉見が隣に座りたがったが、当然のように神宮が一馬の隣を陣取《じんど》った。結果、一馬の正面に吉見が、その隣に本条が座る形となった。

「そういや、初日以降会ってないけど、刑事課長がやたら親しげで不気味《ぶきみ》だったな」

一馬はふと思い出して、そのまま口にした。

「不気味って……。名前は?」

「覚えてないです」

本条に尋ねられ、一馬は記憶を辿《たど》ることなく答えた。覚える必要も感じなかったから、耳に入ってそのまま通り抜けていった。その後も会う機会があれば自然と覚えたのだろうが、あれ以来、顔も見ていない。

「お前に親しげというのは気になるな。少し調べてみよう」

そう言った本条がちらりと吉見に視線を向ける。普段は空気を読まない吉見だが、さすがに相棒の本条のことは理解できるようになったのか、わかったふうに頷《うなず》いた。おそらく品川署の刑事課長について調べるのは、コネのある吉見になるのだろう。

「でも、品川署に先輩が来てくれて嬉しいです」

吉見がその言葉どおり、満面の笑みで言った。

「なんでお前が喜ぶんだよ」

「近くなったじゃないですか。これでいつでも仕事終わりに食事に行けますよ。あ、お昼に待ち合わせしてランチとか?」

「OLか。ってか、そこまで近くねえよ」

浮かれた様子でまくし立てる吉見に、一馬が突っ込みを入れたときだった。不意に一馬の肩口に冷たい液体がぶちまけられた。その正体が何かは匂《にお》いですぐにわかった。ビールだ。けれど、何故、この状況になったのかはわからない。

「すみませんっ」

頭上からかけられた声に顔を向けると、店名のロゴの入ったTシャツを着た若い男が立っていた。その手には空になったジョッキがある。つまりはその中身をぶちまけられたということだ。

店員は背後から近づいてきていた。正面なら一馬が気づけた。本条が一馬の向かいに座っていても気づけただろうが、生憎《あいにく》、斜《なな》め向かいの席で、しかも運悪く、本条は神宮と話していたから、視線は神宮に向いていた。だから、誰も気付かず、一馬がビールを被ることになってしまった。

「椅子《いす》に脚が引っかかって、それで……」

「本当にそうなのか？」

本条が冷たい声でそう言いながら席を立ち、すっと店員の背後へと回り込んだ。何をするのかと一馬たちが見守る先で、本条は後ろのテーブルにいた男の手首を摑み上げた。

「こんなもので撮影していたところを見ると、計画的にビールをかけたんじゃないのか？」

本条が指摘したとおり、男の手にはスマホが握られている。店員も男も顔を強《こわ》ばらせ、言葉が出ないようだ。気づかれているとは思ってもいなかったのだろう。その様子からおそらく本条の指摘は間違っていないことがわかる。

店内は狭すぎることはないが、見回せないほど広くもない。すぐに異変に気付いて、奥から年配の男がやってきた。

「お客さん、何か……」

男は尋ねようとして言葉を詰まらせる。一馬の様子から何があったのかは一目瞭然《いちもくりょうぜん》だったからだ。

「店長さんか。ここじゃ、他の客の迷惑《めいわく》になる。どこか話ができる場所を貸してくれ」

本条はちらっと警察手帳を示してみせた。

手帳の威力は抜群《ばつぐん》だ。店長は即座に反応し、奥にある事務所へと一馬たちを案内した。さして広くもない店で騒《さわ》がれるのは店側にとっても迷惑だったからだろう。

本条は撮影していた男の腕を摑んだままで移動し、店員は逃げられるはずもなく、一馬たちに囲まれ店の奥へと向かった。

「河東、俺は何か着替えを買ってくる」

神宮は一馬に耳打ちして、そっとその場を離れた。現職刑事が三人もいるのだ。話し合いに神宮が立ち会う必要はない。それなら他に必要なことをしようというのだろう。神宮の気遣いはありがたかった。ビール塗《まみ》れのままでは電車にも乗れないし、タクシーも嫌がられるだろう。

事務所はかなり狭かった。店長が事務作業をするためだけの部屋らしく、三畳ほどのスペースにパソコンを置いたデスクとロッカー、それに段ボールも積まれていて、これではこの人数は入りきれない。

そこで本条は自分と当事者である一馬と店員、撮影していた男だけ中に入り、吉見は外で待機、店長には仕事に戻ってもらうことに決めた。

「さてと、撮影していたものを見せてもらおうか」

本条に促《うなが》されても、男は動かなかった。だが、データを消されないようにと本条が手首を摑んだままだから、勝手な真似もできない。

「映像なんか見なくても、警察に連れて行ったらどうです？　意図的なら暴行罪《ぼうこうざい》でしょっ引けるでしょう？」

一馬の言葉に店員と男は明らかに動揺《どうよう》を見せた。本人たちは軽い悪戯《いたずら》気分だったに違いない。撮影しようとしていたところを見ると、目的はいつかの財布を落とした男たちと同じなのだろう。罪《つみ》の意識もなく気軽にしていたからこそ、警察という言葉に動揺しているのだ。

「大ごとにしたくないなら、素直に見せろ」

暗に従わなければ警察に連れて行くと脅《おど》されては、男たちも従うしかなかったようだ。渋々《しぶしぶ》といった様子でスマホを操作する。

一馬と本条は顔を近づけ、男のスマホを覗《のぞ》き込んだ。

映し出された映像は、店員が近づいてくるところから始まっていた。二人が計画的にビールをかけたことは、これだけでも明らかだ。その後、映像は本条に止められるところまで続いていた。

「消去しろ」

本条の命令に、男は逆らえない。じっと見つめられていては誤魔化しもできず、一馬も確認する中で、動画は確実に消去された。

「さてと、河東、どうする？」

本条が尋ねてきた。その意味は問い返さずともわかる。被害者《ひがいしゃ》は一馬だ。だから、この二人の処分《しょぶん》を一馬に委《ゆだ》ねているのだ。

「今後、こんな馬鹿な真似はしないっていうなら、解放してやりますよ」

「いいのか？」

「面倒なんで」

一馬の答えに本条が呆れたように笑う。

「確かに非番をこんなことに費やすのは面倒だな」

それでも本条も納得し、二人の解放に同意した。男たちはほっとした様子で部屋を出て行こうとする。

「何も言うことはないのか？」

一馬は男たちを呼び止める。

「さっきの表面的な謝罪じゃなくて、お前たちが楽しむためだけに俺をこんな姿にしたことへの謝罪はどうした？」

一馬の指摘にようやくそのことに気付いたのか、

「……すみませんでした」

二人は強ばった表情のまま、頭を下げる。

一馬からは到底、反省の色があるように見えないが、こんな男たちに関わり続けるのも時間のムダだ。一馬はもう行っていいというふうに顎《あご》をしゃくって見せたが、すぐに思い出して、言葉を付け加えた。

「俺はこれで済ますが、仕事中にこんな馬鹿な真似をしたお前がどうなるのかは、俺の知ったことじゃないぞ」

一馬から店長に何か進言する気はないが、雇《やと》う立場にすれば雇い続けたい人間でないのは確かだ。クビを言い渡されるのは確実だろう。

男は何も言い返さず、黙《だま》って部屋を出て行った。

「なんだ、もう終わったのか？」

代わりに神宮が問いかけながら事務所に顔を覗かせた。男たちが出て行ったことで、そう判断したのだろう。

神宮の手にはコンビニのレジ袋があった。近くのコンビニで着替えを調達してきたようだ。

「トイレで体を拭いてから着替えてくるんで、先に戻っててください」

神宮からレジ袋を受け取り、一馬は本条たちにそう言って、ひとりでトイレに向かうつもりだった。けれど、神宮は後ろをついてくる。

「なんでお前まで来るんだよ」

「見張りだ」

「見張りって……」

即答され、一馬は言葉に詰まる。

「誰が入ってくるかわからないだろう？」

「そりゃ、そうかもしれないけど、別に見られたところで減るもんじゃなし」

「まだ言うのか？」

ジロリと冷たい目で見られ、ああと一馬は理解した。

「お前が見られたくないってことか。わかったよ」

男の裸など見ても楽しくないだろうと思うのだが、神宮からすれば違うらしく、恋人である一馬の裸も人には見せたくないのだと、常々言われていたことだ。自分がゲイではないからか、そのことをつい忘れてしまい、神宮を苛立《いらだ》たせてしまう。

せっかくの飲み会を邪魔《じゃま》されたばかりだ。こんなことでさらに神宮の機嫌《きげん》を損ねるくらいなら、言われるとおり、見張り付きで着替えたほうが精神的に楽だ。

一馬はひとりでトイレに入り、手早くTシャツを脱ぐと、神宮が買ってきてくれたタオルを濡らしてビールのべたつきを拭い取り、新しい真っ白なTシャツを身につけた。

「とりあえずこれでいいだろう」

早々にトイレから出て、見張っていた神宮に意見を求める。

「ああ。お前なら白のTシャツだけでも大丈夫だ」

「どういう意味だよ」

「貧弱な体では似合わないからな。その点、お前は美味《うま》そうだ」

「もうちょっと喜べる褒《ほ》め方しろよな」

苦笑いしつつ、一馬は神宮と連れ立って席へと戻った。

元の席では本条と吉見が何事もなかったように笑いながら飲んでいた。そのおかげか店内の雰囲気もおかしなものには変わっていない。一馬にビールをかけた店員の姿は見えず、録画していた男の姿もなかった。

「あいつら、帰りました?」

「この状況で飲んでられるほど強心臓ではなかったようだ。バイトの男は帰された。今日限りでクビだそうだ」

「それは店長が?」

「お前が着替えている間に、俺が説明を受けた。店員が迷惑をかけた詫《わ》びに、今日の支払いはいいと言われたが断っておいたぞ」

「えーって言いたいとこだけど、仕方ないっすね」

刑事として接待に当たりそうなことは受け入れるわけにはいかない。しかも本条が刑事であることは知られているのだ。

「すっかり料理も冷めてるし、ビールは温《ぬる》くなってるし、せっかくの休みだってのについてないな」

グラスに口をつけ、一馬は顔を顰める。

「お前は元々そういうところがあるだろう」

「どういうとこですか」

「面倒に巻き込まれる体質ってことだ」

本条に指摘され、一馬は言葉に詰まる。身に覚えがありすぎた。

「あながち否定できない」

「事実だからな」

神宮まで一緒になって責めてくる。だが、さすがにこれは聞き捨てならない。

「お前もじゃねえかよ」

「俺はお前に巻き込まれてるだけだ」

「巻き込まれないように離れてればいいだけなんだが……」

「そうですよ。代わりに俺が先輩と一緒にいますから」

宣言した吉見に神宮が冷たい目を向ける。けれど、吉見はそれには気付かず、一馬だけを見つめていた。

「お前は俺について回らないで、コンビの本条さんのそばにいろよ。だいたい、少しは成長してんのか？」

一馬はこれ以上、神宮の機嫌を悪くしないよう、話を変えた。

一馬が見る限り、吉見にあまり刑事としての成長の兆《きざ》しは窺《うかが》えないのだが、本条が未《いま》だに匙《さじ》を投げずにコンビを続けているところを見ると、少しはましになったのかもしれない。

「してますよ」

疑われたことが心外なのか、吉見が拗《す》ねたように頬を膨《ふく》らませる。だが、何か思い出したかのように表情を変えた。

「あ、だったら聞いてください。俺の初逮捕《たいほ》の話」

話を変えられたことにも気付かず、吉見は嬉嬉として身を乗り出した。いつだったか、そんなふうなことをメールで言ってきていたような気がするが、詳しくは聞いていなかった。酒の肴《さかな》に聞いてやるかと一馬が相槌《あいづち》を返す。それを本条が止めなかったことから察するに、それなりに楽しめる話になるのだろう。

少しだけ重くなっていた場の空気が、吉見の頓珍漢《とんちんかん》な自慢話のおかげで和《やわ》らいだ。ただ、少し話が長すぎた。


結局、あの店には二時間弱滞在《たいざい》した。途中、余計な邪魔が入ったことを除けば、概《おおむ》ね、楽しい飲み会だった。

「けど、飲み足りないな」

本条たちとは店の前で別れた。その後、神宮と二人で並んで歩き出してから、一馬はぼそっ

「ベッドルームキス」

ラヴァーズ文庫をご購読いただきありがとうございます。2020年新刊のサイン本(書下ろしカード封入)を抽選でプレゼント致します。(作家:ふゆの仁子・西野 花・いおかいつき・バーバラ片桐・奈良千春・國沢 智)帯についている応募券2枚(4月、7月発売のラヴァーズ文庫の中から2冊分)を貼って、アンケートにお答えの上、ご応募下さい。

H
●ご希望のタイトル
・龍の困惑　ふゆの仁子　　・鬼上司の恥ずかしい秘密　西野 花
・禁断の凹果実　バーバラ片桐　　・ベッドルームキス　いおかいつき

I
●好きな小説家・イラストレーターは?

J
●ご購入になりました本書の感想をお書きください。
タイトル:
感想:

タイトル:
感想:

応募券を貼って下さい

応募券を貼って下さい

K
●プレゼント当選時の宛名カードになりますので必ずお書きください。

住所 〒

氏名　　　　　　　　　　様

お手数ですが
切手をおはり
下さい。

郵便はがき

1 0 2 - 0 0 7 2

東京都千代田区飯田橋2−7−3

㈱竹書房　ラヴァーズ文庫

「ベッドルームキス」

愛読者係行

アンケートの〆切日は2020年10月31日当日消印有効、発表は発送をもってかえさせていただきます。				
			B	C
A	フリガナ 芳名		年齢　　　歳	男・女
D	血液型	E	ご住所 〒	
F	ラヴァーズ文庫ではメルマガ会員を募集しております。○をつけご記入下さい。 ・下記よりご自分で登録　　・登録しない（理由　　　　　　） ・アドレスを記入→			
G	メールマガジンのご登録はこちらから LB@takeshobo.co.jp （※こちらのアドレスに空《から》メールをお送り下さい） ←携帯はこちらから		購入方法	・書店 ・通販 ・その他 （　　　　　　）

※いただいた御感想は今後、「ラヴァーズ文庫」の企画の参考にさせていただきます。
なお、御本人の了承を得ずに個人情報を第三者に提供することはございません。

と呟いた。

「それはそうだろう。いつもより格段に飲んでないからな」

神宮の指摘に一馬ももっともだと頷く。一馬も神宮もかなりの酒豪《しゅごう》だ。だいぶ量を飲まないとほろ酔《よ》いにもならない。それでも今日はソファを運んでもらった礼で、もてなす立場だからと控《ひか》えていた。一馬が飲まなければ神宮も飲まない。結果として、あくまで二人にとっては少ない量しか飲まなかった。

「俺ん家で飲み直すか？」

おそらく神宮との付き合いで初めて、一馬はそんなふうに自分の部屋に誘った。これまではずっと神宮の部屋だったが、これからは一馬の部屋も選択肢《せんたくし》に入る。

「そうだな。酒は何かあるのか？」

「買って帰るに決まってんだろ」

これで一馬の部屋に行くことが決定した。明日は二人とも仕事だが、まだ終電も余裕である時刻だし、タクシーで帰ってもさして懐《ふところ》も傷まない額で済む。

帰る途中にあるコンビニで酒とつまみを買い、数時間ぶりに神宮を伴い、帰宅した。

部屋の真ん中にあるローテーブルに買ってきた物を並べながら、一馬は自然と目に入るソファを見て言った。

「今まで家具なんて気にしたことなかったけど、こうして改めて見てみると、ソファ一つ増えただけで人が住む部屋らしくなるもんだな」

「このくらいのソファなら、買ってもたいした値段じゃないだろ」

神宮がぶっきらぼうに答える。さっきまではそうでもなかったのに、今は機嫌が悪そうに感じる。何もした覚えがないのに、神宮の機嫌が変化する理由がわからない。

「でも、買わなくてももらえたんだから得じゃねえか。お前も勧《すす》めてただろうが」

「まさか、本条さんが運んでくるとは思わなかったからな」

「もしかして、本条さんがこの部屋に来たことで不機嫌《ふきげん》になってんのか？」

一馬はまさかと思いながらも、神宮ならあり得るかもしれないと確認してみた。

「おまけに吉見までな」

否定しない神宮に、一馬は咄嗟《とっさ》に言葉が返せなかった。嫉妬深いのは知っているつもりだったが、自宅を知られたからといってそんな嫉妬をする必要は感じない。

「住所を知られたことじゃない。部屋の中を見られたことが問題なんだ」

「何がだよ」

ソファが増えたとはいえ、それでもまだ殺風景《さっぷうけい》な部屋だ。見られたところで困るものは何もない。一馬は眉根《まゆね》を寄せ、不満を示す。

「お前もよく考えてみろ。知り合いに自分がセックスしてるベッドを見られるんだ」

神宮の言葉に一馬はブッと吹き出す。

「このベッドじゃ、まだしてねえよ」

買ったばかりの真新しいベッドで寝たことがあるのは、一馬だけだ。神宮ですら、引っ越しの日の手伝い以来ぶりの来訪だ。

「まだ、な。だが、俺とお前がそういう関係にあると二人は知っている。このベッドでお前が俺に抱かれている姿を想像するかも……」

「ちょっと待て」

神宮の言葉を一馬が静止する。

「誰が誰に抱かれてるって？」

「お前が俺にだ」

「勝手に決めてんじゃねえ」

「事実だろう？」

「お前が卑怯《ひきょう》な真似ばかりするからだ」

一馬と神宮は言い争い睨み合う。神宮に抱かれたことはあっても、それは一馬の本意ではない。そこだけははっきりとしておきたかった。

「生憎だったな。この部屋じゃ、お前がいつもしてる仕掛けはできない。つまり、俺がお前に抱かれるなんてことはねえんだよ」

「諦めの悪い男だな」

「諦める必要がどこにある？」

問いかけると、神宮が肩を竦《すく》め、これ見よがしに溜息を吐く。

「飲む気分じゃなくなったな」

神宮の視線がテーブル上の缶《かん》ビールに注がれる。テーブルに置いたまま、プルトップを開けることすらしていなかった。すぐに言い争いが始まったからだ。

「明日も仕事だからな。帰るよ」

不毛な言い争いが嫌になったのだろう。神宮はそう言って立ち上がった。

このまま帰していいのか。神宮と言い合いになるのは珍しくないし、抱くか抱かれるかで揉めるのも日常茶飯事《にちじょうさはんじ》だ。それでも、揉めたままで別れるのは落ち着かない。

「待てよ」

一馬は立ち上がり、神宮の腕を摑んで引き留めた。

「なんだ？」

腕を振り払うことなく、足を止め、神宮がその手の意味を問いかける。

「やっと二人きりになったってのに、何もせずに帰るのかよ」

「俺に抱かれる気はないんだろう？」

「当たり前だ」

即答したものの、神宮を摑んだ手は離さない。

「それでも触り合うくらいはできるだろ」

摑んだ腕を自らの元へと引き寄せる。

すっかり馴染んだ感触を味わうように、一馬は抱き寄せる腕に力を込めた。

「触るだけならいいだろ？」

一馬の言葉に神宮が小さく喉を鳴らして笑う。それが一馬の肩に響く。

「何かおかしかったか？」

「何もしないからと言って、部屋に女を連れ込む男の台詞のようだと思ってな」

予想外のことを言われて、今度は一馬が笑う。

「俺は何もしないとは言ってないだろ」

「そうだな。触るだけだったな」

なのに、先に触れてきたのは神宮だった。一馬の背中に回されていた手が肌に沿って這い上がり、首筋を撫でた。それだけで体温が上がるほどには、神宮を求めていた。

一馬は顔を少し斜めに傾け、神宮の唇を狙う。

「キスも触るだけに入るのか？」

ごく間近にある神宮の唇から、笑いを含んだ質問が投げかけられる。

「唇で触るんだよ」

「なら、俺もそうさせてもらおう」

神宮が同意したことで、二人の唇の距離はゼロになった。

触れるだけなら軽いキスしかできない。だが、触れてしまえば、それ以上のキスが欲しくなる。一馬は迷わず神宮の口中に舌を差し入れた。

触れるだけの約束も、どこまでを触れているだけに定義するかは一馬が決める。神宮が拒まなければ定義は成立だ。一馬の舌に神宮の舌が応えるように絡んできた。これはただ舌が触れ合っているだけだと神宮も了承したことになる。

もう躊躇う理由はない。一馬は神宮の首の後ろに手を回し、さらに深く口づけようと顔を引き寄せる。

一馬が神宮の快感を引き出そうと口中を舌で探るのと同じくらい、神宮もまた一馬の口中を舌で蹂躙《じゅうりん》する。繋《つな》がった唇から唾液の混じり合う水音が聞こえ、それが余計に二人の動きを加速させた。

「んっ……はぁ……」

息苦しさからわずかに唇が離れた隙に酸素を吸い込み、そしてまた口づけに戻る。唇から始まった触れ合いは、やがて全身に官能をもたらしていった。そうなると自然に手は互いの股間へと伸びていく。

既に昂ぶり始めたそこは、解放を待ち望んでいる。互いに手早く前を緩め、引き出した屹立に指を絡める。

最初はただ少しだけ神宮の熱を感じたいだけだった。けれど、少し触れればもっと欲しくなる。今はもう相手をイかせることしか考えられない。

それは神宮も同じだった。二人の手の動きは速くなり、屹立は完全に勃ち上がる。さっきは口元で聞こえていた水音が、今度は股間からより粘着質《ねんちゃくしつ》な音となって聞こえ、淫猥さを醸《かも》し出していた。

「そろそろイクぞ」

一馬は顔を離して神宮に合図を出す。自分ひとりで達するのではなく、神宮と共にイきたかった。

顔を上気させた神宮が艶のある笑みを浮かべて頷く。

一馬が神宮のものを強く擦り上げ、神宮が一馬の先端に爪を立て、二人は同時に迸りを解き放った。

一馬が深く息を吐き、解放感を味わう中、神宮は肩で大きく息をしてから、濡れた手のひらを持ち上げた。

「帰るって言ったのに、どういう引き留め方だ」

呆れ顔で言いながら、神宮は濡れた手を洗うためにユニットバス内の洗面台に向かった。ドアは開け放したままだから、会話には困らない。

「けど、すっきりしたろ？」

「そうだな」

満足げに笑う神宮の顔が洗面台の鏡《かがみ》に映っている。さっきまでの不機嫌さはその顔にはなかった。

揉めたままで帰さなくてよかった。一馬の顔にも自然と笑みが零《こぼ》れた。

3

まだまだ馴染みのない品川署内を一馬は刑事課を目指して歩いていた。時折《ときおり》、自身に向けられる意味ありげな視線には気付いていたが、話しかけられない以上、自分からは尋ねない。結局、刑事課に着くまで視線の意味はわからなかった。だが、刑事課に入った途端、その意味がわかった。

「河東、こっちへ来い」

異動初日以来、顔を合わせていなかった刑事課長の根元が険しい顔で一馬を呼び寄せた。初日に会ったときとはまるで別人の形相《ぎょうそう》だ。

どうやら、一馬は知らないうちに刑事課長を怒らせるような何かをしでかしていたらしい。以前の多摩川西署なら心当たりは山ほどあるのだが、異動して日の浅いここでは、まだ思い当たることがなかった。

「なんすか?」

一馬がとぼけた顔で根元の前に立つ。

「昨夜《ゆうべ》、街で揉めたそうだな」

「なんのことだか、さっぱり」

一馬は首を傾《かし》げて答える。事実、一馬には心当たりがなかった。

「誤魔化すな。市民から通報があったんだ。品川署の刑事が店に難癖《なんくせ》をつけて、料金を踏み倒したとな」

「事実無根です」

詳細はわからないものの、とりあえず一馬は否定してみた。事実、一馬にそんな真似をした覚えはない。だが思い浮かぶ出来事はあった。

「お前を名指しでの苦情だったんだ」

「そう言われても……」

一馬は眉根を寄せて神妙《しんみょう》な顔を作ってみせる。上司の叱責《しっせき》など慣れている。いつもどおり聞き流すつもりでいた。

「あ、根元さんだ。お久しぶりです」

場の雰囲気をまるで無視した明るい声が、根元の表情を一変させた。笑みさえ浮かべ、一馬から逸らした視線をその声に向かわせる。

「吉見くん、どうしたんだい？」

一馬に向けたものとは打って変わって弾《はず》んだような声を出し、根元は吉見へと足早に近寄っていく。一馬はその場に置き去りだ。

何故、ここに吉見がやってきたのかは知らないが、根元とは顔見知りらしく、二人は刑事課に入ってすぐの場所で立ち話を始めた。

「間に合ったようだな?」

そう一馬に声をかけたのは本条だ。別の出入り口から回り込んで来たようだ。吉見はひとりで来ていたわけではなかった。

「本条さん、どうしたんですか? 事件ですか?」

一馬の問いかけに、本条は何も答えず顎をしゃくり、外へ出るよう促《うなが》してきた。訳もなく、そんなことをする男ではない。一馬は先に歩き出した本条に続いて、吉見たちがいるのとは別の出入り口から刑事課を抜け出した。

「お前宛てにクレーム電話が入ったんだろう?」

廊下を進んだ先で足を止めた本条が、どこから見ていたのか、そんなことを言い出した。

「なんで知ってるんですか?」

「俺たちも当事者だからな」

「やっぱ、昨日のことですか?」

「それしかないだろう」

一馬の予想は当たっていたようだ。随分と事実からかけ離れた通報だったから、全く別の誰かと間違えた可能性も考え、根元に聞かれたときは知らない振りをしていた。

「お前だけに苦情が入ったと聞いたから、吉見を連れてきた。あいつがいたら、根元の注意は逸らせるし、機嫌も良くなる」

「いくらキャリアでも吉見のほうが随分と年下じゃないっすか」

それで何故、根元の機嫌が良くなるのかと一馬は首を傾げる。

「根元は副総監の熱狂的信者なんだよ」

苦笑いの本条の言葉が一馬にはすぐに理解できなかった。

「信じてないいな？」

「だって、信者って、おかしくないっすか？」

「おかしいけど、あの人にはいるんだよ、信者と呼んでもおかしくないような奴らがな」

「そりゃ、俺でも副総監が上司ならいいなとは思いますけど……」

警視庁ナンバー2の座にありながら、偉ぶったところはなく、一馬のような下《した》っ端《ぱ》刑事にも敬意を持って接してくれるような人柄《ひとがら》だ。本条が慕《した》っているというのもポイントが高い。だが、信者とまで言われると引いてしまう。

「先に根元のことから話しておこうか」

本条はそう言って、一馬の知らない事実を話し始めた。

「どうやら、お前の品川署異動は根元の要望があったかららしい」

思いもしなかった裏話に一馬は驚くしかない。上司から嫌われることはあっても好かれたことなどなかったのだ。

「面識なかったんですけど」

「面識がなくても、向こうは一方的に知っていた。副総監が目をかけている所轄の刑事がいるって信者の間で噂《うわさ》になってるそうだ」

「嫌な噂だなぁ。って、信者はそんなにいるんすか？」

「それなりにいるぞ。うちにも警察庁《けいさつちょう》にも」

「本条さんは？」

そう問いかけると、本条は苦笑する。

「そりゃ、もちろん尊敬はしているが、あいつらほど熱狂的《ねっきょうてき》じゃない」

「副総監も大変だ」

どう考えても面倒にしか思えない。一馬の声に同情的な響きが籠もる。

「あの人はそういう扱《あつか》いも上手いんだ」

本条の声がどこか誇《ほこ》らしげに聞こえ、一馬はふっと口元を緩める。

「やっぱ、本条さんも信者じゃん」

「それでだ」

一つ咳払《せきばら》いして、本条は話を戻す。

「根元はお前を手元に引き寄せたものの、扱いづらさを知らなかったんだ。いや、知ってても侮《あなど》っていたのかもな。自分なら制御できると思ったんだろう」

あっさりと扱いづらい人間だと言われたことに苦笑いしつつも、あえて否定はしなかった。

本条の話のほうが気になったからだ。

「副総監お気に入りのお前をそばにおいて、副総監の気を引き、さらには所轄の成績を上げて自分をアピールしたかったんだろう。ただ相手が悪かった」

一馬を見ながら、本条がおかしそうに笑う。

「本条さん、よくそんな裏事情を知ってますね」

「吉見情報だ。副総監の信者は吉見にも媚《こ》びを売ってる」

「ああ、だから、吉見は結構な情報通なんだ」

これまであまり深く考えずに吉見に情報収集を頼んでいたが、裏事情を聞けば、あまり罪悪《ざいあく》感《かん》を持つ必要はなさそうだ。

「まあでも、それだけの理由なら刑事課長のことは気にしなくてもよさそうっすね」

上司に嫌われるのは慣れている。むしろ、妙に愛想良くされるほうが不気味で落ち着かない。事情がわかってすっきりしたくらいだ。それに、根元が副総監に気に入られたいだけなら、そのことを利用できるかもしれない。一馬はそう考えた。

「で、やっと本題だ」

「俺への苦情電話?」

「ああ。その電話は一一〇番通報だった。品川署の刑事が高圧的な態度で他の客を脅《おど》していたとな」

本条の言葉に一馬は違和感を覚えた。

「品川署だとわかってるのに、一一〇番してきたんすか？」

「おかしいだろ？」

本条に問いかけられ、一馬は頷く。

「そもそも、あのときお前は刑事だとは言ってない。もちろん、品川署なんて誰も口にしてない」

あのとき、刑事だと言って警察手帳を見せたのは本条だけだ。必要なかったから、一馬は身《み》分証《ぶんしょう》を見せたりしなかった。名乗ることもなかった。それなのに、苦情電話の相手は一馬の名前を知っていた。

「あいつらは俺のことを知ってて、ビールをかけてきたってことですか？」

「そうなるだろうな。身に覚えは？」

「職業柄の恨《うら》みなら……」

そう言いかけて、ふといつかの光景が思い浮かぶ。昨日の男たちも動画を撮ろうとしていた。動画で共通する記憶がある。

「ちょっと前に、わざと財布を落とした男たちがいたんですよ」

一馬は簡潔《かんけつ》にそのときのことを本条に話して聞かせる。

「だが、そいつらはお前のことを刑事だとは知らないんじゃないのか？」

「俺は言ってませんけどね」

言ってないどころか、男たちと会話もしていない。それでも身元がばれる可能性はあった。一馬はそれを確認するため、本条を引き連れ、署内を移動し、地域課へと顔を出した。そこには一馬が財布を落とした男たちの聴取《ちょうしゅ》を頼んだ警察官がいるからだ。

「宮川《みやがわ》さん」

一馬の呼びかけに、宮川は振り返る。

「おう、どうした？」

宮川は気のいい笑顔で問いかけてきた。

宮川とは多摩川西署の前にいた所轄で一緒だった。年は一馬より十歳上で、今は地域課の課長をしている。

「この前の財布を落とした男のことなんですけど」

「ああ、あいつらがどうかしたか？」

問い返してきた宮川の口元が緩んでいるのは、そのときのことを思い出しているからだろう。後で宮川に聞いたところ、一馬が財布を預けた後、すぐに男たちはやってきたのだという。きっと簡単に取り返せると考えたのだろう。

そこで宮川は一馬が頼んだとおり、まず二人を引き離し、落としたという男を孤立《こりつ》させたうえで、身元確認をしつこくしたらしい。男は免許証を出したが、それでわかるのは自分の身元だけで、財布の持ち主だとは証明《しょうめい》できない。何故、落としたのか、どこで落としたことに気付いたのかと、ネチネチと責めた挙《あ》げ句《く》、最終的には動画のためにわざと落としたことを認めさせたというのだから、見事な手腕《しゅわん》だ。

「あいつらに俺が刑事だって教えました？」

「言ったが、まずかったか？　刑事の前で悪ふざけしたのは運が悪かったなって」

宮川は笑顔を引っ込め、申し訳なさそうな顔になる。気のいい男なのだ。その程度のことなら情報漏洩《じょうほうろうえい》というほどのことではないし、宮川を責める理由はない。

「それはいいんですけど、俺の名前は言ってませんよね？」

「もちろんだ。名前なんて言う必要はなかったからな」

そうなると、奴らが一馬の名前を知ったのはその後ということになる。どうやってかはわからないが、わざわざ調べたのだ。居酒屋の件から推察《すいさつ》すると、仕返しが目的といったところだろうか。

「そいつらの身元は？」

「あいつらが何かしたのか？」

「してるかもしれないんで確認です」

そんな説明にもならない説明でも納得してくれたのは、一馬のこれまでの実績があるからだろう。一馬は直感で動くことが多い。それが当たって犯人を検挙《けんきょ》してきているから、宮川も答えてくれるのだ。

残念ながら、財布を落としたと言った男、藤井匡臣《ふじいまさおみ》、のほうだけしか身元はわからなかった。付き添いの男まで身元確認はできなかったからだ。だが、藤井の交友関係を調べればすぐにわかるだろう。

もちろん、居酒屋で会った男たちは藤井たちではない。そちらもアルバイトの男から辿《たど》れば身元はわかる。こちらは本条が受け持ってくれることになった。

今はまだ苦情電話を入れられただけだ。ビールをかけられたことも、一馬にとってはたいしたことではない。だが、これで終わるとは思えなかった。逆恨《さかうら》みをするような輩《やから》だから、嫌がらせがエスカレートする可能性は高い。それに対してすぐ対処《たいしょ》できるよう、備《そな》えはしておきたかった。

一馬は宮川に礼を言って、また本条と二人で人目を避けて話を再開する。

「俺への苦情は一一〇番にあったんですよね？」

「ああ。だから、かけてきた番号はわかってるが、公衆電話だった」

「でしょうね」

一馬はそれは期待していなかった。嫌がらせの苦情電話を自分の身元がわかる電話からかけるはずがない。

「だが、録音はできてる」

「その音声データ、科捜研に送っておいてもらえますか？」

一馬の頼みに本条は渋《しぶ》い顔を返す。

「何の事件の捜査にするんだよ」

「神宮宛てに送ってもらえば、あいつがなんとかしてくれますよ」

「あいつも大変だな」

神宮に同情したように言った後、本条はふと何かを思いついた顔になる。

「そういや、お前がこっちに異動するとわかったとき、神宮は一緒に住もうとは言わなかったのか？」

言ってもおかしくないはずだと言いたげな本条からは、神宮をどんなふうに思っているのかが容易《ようい》に窺い知れる。神宮は一馬への執着《しゅうちゃく》を隠していないから、そう思われるのも無理はなかった。

「そう言われりゃ、そうだな。でも、そういうことは何も言われてないですね」

記憶を辿るまでもない。そんなことを言われていれば、当然、ひと揉めするだろうし、忘れるはずがなかった。

「あいつ、神経質ですからね。誰かと一緒に住むなんてできないんじゃないっすか」

「お前をあんなに入り浸らせてるのにか？」

「確かに」

言われてみればそうかとも思うが、それでも神宮が言い出さなかったのだから、それとこれとは話が違うということなのだろう。それに一馬も便利だから泊まっているが、一緒に暮らしたいと思ったことはない。過去に同棲《どうせい》経験もないからだろうか、一馬は最初からそんなことは考えもしなかった。

「そんなことよりですよ」

今はこんなプライベートなことを話している場合ではないと、一馬は話を戻した。

「ああ、そうだったな。データは何か理由をつけて神宮に送っておく」

本条は苦笑いしつつも、一馬の面倒な頼みを引き受けてくれた。おそらくは本条自身も関わってしまったことから、気にはなっているのだろう。

「それじゃ、俺は吉見が出てくる前に消えます」

一馬はそのために、刑事課には戻らず、すぐさま科捜研に向かった。

やはり近い。しばらくはこの近さに喜びと感動を覚えるだろう。それくらい、これまでが遠かった。我ながらよく通っていたものだと感心する。そんな思いを抱きながら、一馬は神宮の部屋の扉《とびら》を開けた。

「神宮、面倒なことになってきたぞ」

挨拶もなく、いきなりそう言い出した一馬に、神宮は振り返り嫌な顔を向けた。

「俺宛に送ってきたデータか」

「もう届いたのか。さすが、本条さん、仕事が早い」

一馬はこの場にいない本条に向けて、心の中で拍手《はくしゅ》を送る。

「あれはなんだ?」

「まだ聞いてないのか?」

問い返した一馬に、神宮は不機嫌そうに眉根を寄せる。

「何の事件かわからないのに、優先できるか」

理路整然《りろせいぜん》と正論を返され、一馬はそれならと簡潔に事情を説明した。

「そういうわけだから、調べてくれ」

「電話の相手の身元をか?」

「いや、そう言われりゃ、そうなんだけど、動画を投稿してる奴らの中に、この声の主がいないかだな」

一馬の予想では奴らは既にいくつもの動画をネットに上げている。それくらい盗撮《とうさつ》に手慣れていた。だから、そこから辿っていけると考えたのだ。

「そんな奴らがどれだけいると思ってるんだ」

「時間がかかるのはわかってる。でも、お前ならできる」

根拠《こんきょ》なく言いきると、神宮が呆れたように溜息を吐く。

「正式に依頼された調査ではないからな。急ぎではできないぞ」

「かまわない。誰かが死んだってわけじゃないんだ。手が空いたらで充分だ」

神宮ならなんとかしてくれるという、一馬の読みは当たった。何しろ、一馬が被害に遭《あ》って いるのだし、神宮も全くの無関係というわけではない。おそらくプライベートな時間を削《けず》って でも調べてくれるはずだ。

「今度、差し入れでも持ってくる。ここなら近いから、すぐに来られる」

「期待しないで待っておこう」

薄く笑った神宮の肩に一馬は手を置いた。そして、頼むというふうにほんの少し力を込めた。ここが科捜研でなければ、キスの一つもできるのだが、残念ながら今は難しい。だから、せめてもの触れ合いだった。

「じゃあな」

一馬は軽く手を上げて、神宮の前から立ち去った。いつまでもここにいては、神宮の邪魔になる。それに一馬もただ待っているだけのつもりはなかった。事件が起きれば捜査に向かうが、呼び出しがかかるまでは自由だと、勝手にそう決めている。これもこの先起こりうるかもしれない事件を未然《みぜん》に防《ふせ》ぐためなのだ。

一馬の手帳には、藤井という、さっき聞いたばかりの男の住所が記されていた。藤井を調べればあの夜、一緒にいた男はすぐに判明《はんめい》するだろう。そこから、居酒屋の店員たちとの繋がりも見えてくるかもしれない。

事件が起きないうちに調べられるだけ調べておこう。一馬の足は自然と速くなった。

4

一馬の日常は忙しく過ぎていった。それこそ、未然の事件の捜査をする暇はないくらいにだ。異動になった品川署は、以前の多摩川西署よりも遙《はる》かに事件が多かった。おかげで余計な捜査どころか、引っ越したばかりの部屋に帰るのも面倒になるほどだった。

「それで、部屋に帰るのはどれくらいぶりなんだ」

「一週間は経《た》ってない」

一馬がそう答えると、神宮が呆れたように溜息を吐く。

「ずっと署に泊まり込んでたのか？」

その問いかけにそうだと頷いてから、

「容疑者《ようぎしゃ》の身柄《みがら》を確保したと思ったら、その場で次の事件の知らせが入るんだ。帰る時間なんてなかったっての」

一馬も不満を露《あら》わにして答えた。一馬とて好んで署に泊まり込んでいたわけではない。仮眠室も署のデスクも決して寝心地はよくないのだ。署に近いマンションに引っ越したとはいえ、それでも移動に時間はかかる。その時間すら惜《お》しかった。

「着替えはどうしたんだ？」

「引っ越しを機に古いスーツを捨てたからな。ちょうどいいし、署の近くで買った」

署の更衣室にある一馬のロッカーには、スーツ以外にも数日分の下着が揃《そろ》っている。ありがたいことに署内に洗濯機から乾燥機まであるから、着替えには困らなかった。

「それじゃ、例の嫌がらせも調べるどころじゃなかったな」

「ああ。お前んとこに行ったその日に調べたきりだ」

あの日、一馬は藤井の自宅を訪ねた。もっとも本人とは会っていない。財布を引き渡すときに確認したのは免許証だから、藤井についてわかっているのは名前と住所、それに生年月日くらいだ。仕事は何をしているのか、まずはそれを調べたかった。

藤井はマンションで一人暮らしをしていることはすぐにわかった。マンションを管理している業者に連絡したのだ。藤井がそこに入居したのは二年前、そのときは飲食店勤務となっていたが、今は違うことだけはその飲食店に確認してわかっている。

だが、一馬に調べられたのはそこまでだった。すぐに殺人《さつじん》事件《じけん》が発生し、捜査へと急行したからだ。それ以降、藤井のことなど忘れてしまっていた。

「そっちも忙しかったんだろ?」

一馬の問いかけに、神宮にしては珍しく疲れた顔で頷く。

一馬たち刑事が忙しいなら、科捜研も暇であるはずがない。しかも都内の事件であれば、全て神宮たちのいる科捜研に検査が回される。おかげで物理的に距離が近くなったのに、この一週間近く、顔を合わせることもできなかった。

「だから、俺もアレについては全く調べられてない」

「そりゃ、当然だろ。それに時間を割《さ》くなら寝ろっての」

若干《じゃっかん》、目の下に隈《くま》が窺える神宮に、一馬は労《いたわ》るような言葉をかける。

「そうやって暢気《のんき》に構えてるってことは、あれから嫌がらせはされてないんだな?」

「ああ。何もない」

誤魔化しではなく、事実を伝える。ビールをかけられることも、苦情電話を入れられることもなく、ただただ捜査に駆《か》け回っていた。忘れていたとはいえ、常に周囲は警戒《けいかい》しているから、尾行《びこう》されているような気配も感じなかった。

「さすがに飽《あ》きたか」

「それはどうだろう」

難しい顔をした神宮は、一馬に同意しなかった。

「苦情電話の効果を見定めてるところかもしれない」

「遠巻きに見るしかないんじゃ、判断に時間がかかるってことか」

署内の様子など、外部からは窺い知れない。一般人が用もなく何度も警察に出入りすることなどできないから、せいぜいが一馬の様子を見て、処分を受けたかどうか推察するくらいだろうか。警察の人間に聞き込みをする度胸があれば別だが、警察に絞《しぼ》られた藤井たちができるとは思えない。

「全く効果がなかったとわかれば、そろそろ次の手に出る頃合いだ」

「そこまで俺にこだわるか……って、なんで俺だけなんだよ」

一馬は今更《いまさら》気付いたことに不満の声を上げる。

「何がだ？」

「財布を拾ったときはお前だっていただろ。なんで俺だけ粘着《ねんちゃく》されるんだよ」

「お前の名前だけしかわからなかったからだ。今も俺の名前は知らないんじゃないか？」

神宮の言うように、品川署に男たちを連れていったから、一馬の名前が知られることになってしまった。最初は刑事だとしかわからなかったとしても、品川署の刑事だと限定できれば、調べるのも難しくはない。だから、一馬は藤井たちがどうやって一馬の名前を知ったのかは気にしなかった。

だが、それに対して、神宮は職業という手がかりもなかったから、調べる手間をかけるより、一馬に仕返しをすることに焦点《しょうてん》を絞ったのかもしれない。

「なんか、納得いかねえな」

「諦めろ」

他人事だからか、神宮はあっさりとしたものだ。今のところ、一馬にもさほど大きな被害がないからに違いない。

「明日から暇を見つけて調べてやる」

「そうしてくれ。明日からな」

二人して、『明日』を強調するのは、久しぶりに飲みに来ているからだ。しかも二人きりでだ。この時間を楽しみたいと思うのは当然だろう。

「今日はもうさすがに呼び出しもないだろうしな」

だから飲むぞと一馬は目の前にあるジョッキを傾ける。今日は夕方と言っていい時刻に帰れたし、こうして神宮とも飲みに来られた。立て続けに起きた事件で、どちらも容疑者を確保したのが一馬なのだ。苦情電話の件で一馬を叱責した刑事課長の根元も、吉見と何を話したのか知らないが、その後はまた当たりが柔らかくなり、今日も慰労《いろう》と賞賛《しょうさん》の言葉と共に送り出されたくらいだ。そうそう呼び出しはしないだろう。

神宮と飲むのは、あのビールをかけられたとき以来だ。飲み足りなかったあの日の分を取り返すように、酒の強い二人がほろ酔いになるくらいにまで存分に酒を飲んだ。

「明日は休みだったよな？」

店を出て並んで歩きながら、神宮が尋ねる。

「ああ。お前は？」

「俺もだ」

「なら、俺ん家に来るか？」

ここからなら近いのは一馬のマンションだ。これまでのように神宮の部屋だけではないから、行き先を決めるやりとりをするようになった。

一馬の提案に神宮が賛成《さんせい》し、二人はタクシーで一馬のマンションに向かった。

ほんの十分で到着し、まだ慣れないマンションのエントランスをくぐる。ここは建物の中に集合ポストがある。ほとんど郵便物など届かないのだが、習慣として一馬は自らの郵便受けの鍵《かぎ》を開け扉を持ち上げる。

「随分とチラシが多いな」

横から覗き込んでいた神宮が不審《ふしん》げに言った。中は底が見えないだけでなく、積み上げられたチラシが山になっていた。

オートロックではないから、エントランスの中に住人以外が入ってこられるし、ポストにチラシが投げ込まれることも珍しくない。だが、いくら一週間近く留守にしていたとはいえ、この量は異常だ。

「ただのチラシじゃなさそうだ」

一馬は郵便受けから、弁当の宅配サービス店のチラシを一つ手に取った。

『電話注文が入り、配達に伺《うかが》いましたが留守でした。教えられた電話番号にもかけてみましたが使われていないものでした。嫌がらせか悪戯だと思われます』

そんなふうに記されたメモが添付されていた。親切な配達員だ。店の被害もあるだろうに、一馬に警戒するよう教えてくれている。

そして、そんなメモは一枚だけではなかった。ピザ屋に寿司屋、中華と頼めるだけ頼んでいたようだ。それらの店はチラシにメモをつけていた。一馬に非があるかのように書いている店もあったが、こういう経験もあるのか、念のためといったような注意書きもあった。

もちろん、注文したのは、一週間留守にしていた一馬ではない。他の誰かだ。

「留守にしていてよかったな」

神宮の言葉に一馬は深く頷く。

「全くだ」

もし、一馬が在宅していたなら、これらの対応に追われ、なおかつ注文したのは自分ではないという証明をしなければならなかった。この大量の注文数をだ。考えただけでもぞっとする。

「もしかしたら、ただ嫌がらせするだけでなく、困るお前の姿を撮影しようとしていたのかもしれないな」

その可能性はあると、一馬は舌打ちする。それに何より、自宅まで知られているのが気持ち悪い。一馬の顔はその不快さに歪《ゆが》む。その気持ちは神宮にも伝わった。

「今日はこのまま部屋に入らず、俺のマンションに行こう」

「さすがにそこまでしなくていいだろ」

「ダメだ」

神宮が険しい顔で首を横に振る。

「部屋に侵入《しんにゅう》されていないとも限らない。そうなると、盗聴器《とうちょうき》も警戒しないといけないからな。部屋に入るのは発見器を持ってきたからだ」

「素人にそこまでできるか?」

盗聴器は手に入れるのは簡単でも、部屋に侵入するのは難しいし、見つかれば即逮捕だ。そこまで危ない橋を渡るだろうか。そんな一馬の疑念《ぎねん》に神宮は首を横に振る。

「金さえ積めば、こんな普通のマンションの鍵なんてどうとでもなる。不可能じゃないなら、万に一つの可能性も考慮《こうりょ》しておくべきだ」

「それはそう……」

一馬がなおも反論しようとしたときだった。一馬の携帯電話が着信音を響かせる。

これだけ飲んだ状態で事件の呼び出しは勘弁《かんべん》してほしいと思いながら、一馬は着信画面に目を走らせた。

表示されていたのは知らない番号だ。おそらく知り合いではない。

それでも出ないという選択肢はない。一馬は軽く眉間《みけん》に皺《しわ》を寄せ、通話ボタンを押した。

まずは黙って相手の出方を窺う。聞こえてきたのは知った声だった。

『久しぶり』

朗《ほが》らかに呼びかけられ、その声に一馬の眉間の皺がますます深くなる。

「今度は何だ?」

一馬はぶっきらぼうに問いかけた。それもそのはずで、電話の相手は『怪盗X《かいとう》』ことジローだった。もっともジローも本名ではないだろうが、マスコミが名付けた怪盗Xとも呼べず、便宜上《べんぎじょう》、そう呼ぶしかない。

『引っ越しおめでとう？』

「なんで疑問形なんだよ」

『引っ越し早々、なかなか楽しそうなことになってるからさ。素直に喜べない状況かなと思って』

ジローは楽しそうに言っているが、一馬は笑えなかった。

「お前は何を知ってるんだ？」

一馬は問い詰《つ》めるように声を険しくする。

『配達の人たちも可哀想だよね。何人か、鉢合《はちあ》わせしてたよ』

まるで見ていたかのように、ジローはチラシが入れられたときの様子を語る。これだけ大量にチラシがあれば、配達が重なることもあるだろう。むしろ犯人はそれを狙っていたのだろう。

『あ、部屋には何も仕掛けられてないから。そもそも中になんて入ってないしね』

「ずっと見張ってたのかよ」

むしろ、今も見張っているのかと一馬は不信感を露わにする。それくらい電話のタイミングは帰宅とぴったりだった。

『見張らなくても知る方法はあるじゃん』

「またカメラでも仕掛けてたのか？」

『方法は秘密』

抑揚《よくよう》をつけて面白がっているかのような口調に、一馬の眉間の皺がまた深くなる。

『捕まえる？』

何を問われているのかわからなくなるほど、ジローの気楽な声音と問い方に、一馬の返事が一瞬遅れた。

『まだ捕まえるのは難しいか』

すぐに一馬が答えなかったことをそう判断したのか、ジローが何かを察したように言った。

「お前、犯人を知ってんのか？」

『もちろん。俺を誰だと思ってるの？』

「世界規模の悪趣味なコソ泥《どろ》」

一馬の答えはジローを大いに喜ばせた。耳が痛くなるほどに笑い声が響く。

『やっぱり一馬さんは面白いね』

「そりゃ、よかったな」

『犯人、知りたくないの？』

「お前に教わると、見返りにろくでもないことを要求されそうだからな。自分でなんとかする

さ」

できないはずがない。ただ時間がないからしていないだけだ。一馬はいつでも犯人を突き止められる自信があった。

『バレてたか。残念』

残念そうには聞こえない口ぶりで、ジローはケラケラと笑った。

「けど、教えてくれたことには感謝する。ムダなことをしなくて済んだ」

盗聴器発見器など持ち出さなくてよかった。それはジローが室内には侵入されていないと保証したおかげだ。

一馬が通話を終えると、ずっと気にしないようにしていた神宮に顔を向ける。そこにはやはり険しい顔があった。

「どうして、あんな奴に感謝する必要があるんだ?」

「手間が省《はぶ》けたろ?」

「またあいつが部屋に入ったってことだぞ」

「それはそうなんだけどさ」

一馬は苦笑いで神宮の言葉を認める。

何しろ、ジローは警察の独身寮にまで平気で侵入してくる男だ。しかも、それを本人から言われるまで気付かないほどの手際《てぎわ》だった。そんな男を相手に警戒したところで、ムダだとしか思えない。もはや気にしたら負けだとさえ思ってしまうほどだ。

「続きは俺の部屋でしょう。タクシーが来た」

神宮の視線を追うと、一台のタクシーが一馬たちに近づいてきているところだった。どうやら、既に神宮の部屋に移動することを決定していた神宮が、一馬の電話中にタクシーを呼んでいたようだ。

「そうだな。ここで立ち話をしてるところも、どこかから撮られてるかもしれないし」

立ち話程度なら撮影されようが、問題になるものでもないのだが、気分のいい話ではない。それにずっとそんなことを気にするのも落ち着かない。一馬は自分たちのそばで停車したタクシーに、神宮に続いて乗り込んだ。

車でなら神宮のマンションまではすぐだ。だからその間、無言であったとしても、さほど不自然ではない。意味のない世間話をすることもなく、終始、どちらも口を開かないまま、タクシーは神宮のマンション前に停まった。

「近くに越してきたってのに、結局、お前ん家に来てばかりだな」

既にもう何度も通い慣れた部屋に腰を落ち着けてから、一馬は笑いながら言った。

「嫌なのか?」

ソファに座る一馬の隣に腰を下ろした神宮が問いかける。

「いや、今の部屋に馴染みはないからな。どっちかって言うと、ここのほうが自分の部屋より落ち着ける」

「そうか」

素《そ》っ気《け》なくいいながらも神宮の口元が緩んでいる。一馬が自分の部屋にいることを喜んでいるようだ。それなら、と一馬はいつかの本条の言葉を思い出し、口にしてみた。

「そういや、なんで一緒に住もうって言わなかったんだ?」

一馬の疑問に、神宮はほんの一瞬、きょとんとした顔になり、それからふっと口元を緩めてみせる。

「そこまで束縛《そくばく》してほしかったのか?」

問い返され、一馬は苦笑いする。

「疑問に思っただけだっての。お前なら言い出してもおかしくないって、本条さんに言われたことがあったんだよ」

「本条さんにね」

他の男の名前を出したことで、若干、神宮は嫌そうに目を細めたが、それでも納得はしたようだった。

「だが、そういうことか」

神宮がわかったと頷いた。これまで一度も言い出したことがなかったのに、何故、急に気になったのかと思ったようだ。

「同居を言い出さなかったのは、そうするとお前を監禁《かんきん》しかねないからだ」

「監禁って……」

想像を遥かに超える言葉に、一馬は唖然《あぜん》として言葉を詰まらせる。

「だから、たまに来るくらいにしてセーブしてるんだ」

「お前、こえーよ」

一馬は呆れ顔を隠しもせずに言った。実際、監禁もされていないし、されるつもりもないのだが、神宮が真顔なだけにどこまで本気なのか判断しづらい。

「冗談だ」

「冗談は冗談の顔で言え」

「監禁は冗談だが、セーブしてるのは事実だからな。自分でもお前への執着が度を超してるのは理解してる」

神宮はさっきから表情を変えず、真顔のままだ。感情を読ませない男だが、この言葉に嘘は感じなかった。

「だから、これ以上、悪化しないようにセーブしてるってわけか」

一馬の言葉に、そうだと神宮が頷く。

「っていうか、セーブしてこれか」

これまでの神宮の行動を思い返し、一馬は唖然とした。嫉妬心剝き出しで一馬の周りにいる男たちを過剰に警戒している。それがセーブした状態なのだ。外見がクールで淡泊《たんぱく》そうに見えるだけに、付き合い始めるまでその実態には気づけなかった。

「さすがにこれ以上はお前も引くだろう？」

神宮に問いかけられ、一馬は首を捻《ひね》る。

「どうだろ。嫉妬深いのがお前だし、度を超してるのも慣れたしな」

「今以上に束縛《そくばく》されてもいいと？」

一馬の顔を覗き込み、真剣な声音で問いかける神宮に、一馬はニッと笑ってみせる。

「嫌なら逃げる」

あえて、別れるとは言わなかった。一馬が嫌だと思うことまで我慢して付き合うつもりはない。つまり、これまでの神宮の嫉妬も、文句を言いつつ、決して嫌ではなかったということだ。結局のところ、神宮に何をされても、最後は受け入れてしまいそうな自分自身に、一馬も笑うしかない。

「そうか」

神宮もふっと口元を緩め、一馬の頭の後ろに手を回す。

「それなら逃げられないようにしないとな」

「なんだよ、この手は。物理的に逃がさないってか？」

「今はな」

そう答えた神宮の顔が近づいてくる。一馬は笑ったまま、それを受け止めた。すぐに互いの唇が重なり合う。一馬もその手を神宮の首の後ろに回し、神宮を拘束する。逃がさないと思う気持ちは一馬も同じだと伝えるために、その手に力を込めた。

軽く触れ合っていた唇は一馬が押しつけたことにより、さらに深く重なる。唇を開いたのはどちらが先だったのか。気付けば二人の舌は絡んでいた。

唾液の混じり合う音が、耳に届く。

今日は何もするつもりはなかった。神宮とは飲みに行くだけのつもりだった。それでもやはり密室《みっしつ》で二人きりになれば触れたくなるし、その先もしたくなる。キスが深くなるのは自然な流れだった。けれど、顔を離した後、神宮は体も離した。

「残念だが、今日はここまでにしておく」

神宮が名残惜しそうに言った。そんな神宮に一馬は驚きを隠せない。

「珍しいな」

「連日の泊まり込みで疲れてるんだろう？　飲んでる間もずっと眠そうにしてたからな」

「ホント、お前は俺のことをよく見てるよ」

普段は気遣わない男が一馬の体調を気にするのがおかしくて、一馬はクッと喉を鳴らして笑う。

神宮には気付かれないようにしていたつもりだが、確かに体は疲れていた。署に仮眠室はあるものの、寝る時間があれば捜査に出ていて、この一週間は二、三時間の仮眠で終わらせる日も多かった。

「今日はゆっくりベッドで寝ろ」

神宮が顎で一台しかないベッドを指し示し、一馬に勧めた。

セックスをしないときは、一馬はソファで寝ることが多い。一緒に寝ると何もせずにはいられないからだ。

「明日からは？」

一馬の問いかけに、神宮がニヤリと笑う。

「何もしないなら、お前はソファだ」

「やっぱり」

予想していたと笑ってそう言うと、

「またしばらく世話になる」

改めて神宮に頭を下げた。

「いつものことだ」

答える神宮の声は、迷惑をかけられることになるというのに、どこか弾んで聞こえた。一馬と一緒にいる時間が増えることを喜んでいるのだろう。

「しかし、まさか、近くに引っ越してきた途端、こんなことになるとはな」

これからは神宮の部屋に泊まる機会は減るだろうと思っていた矢先《やさき》の出来事だ。一馬は予想外のことにぼやくしかない。

「本当にトラブルに巻き込まれやすい奴だ」

「一緒に巻き込まれたはずなのに、なんで俺だけなんだよ」

きっかけの財布の一件では、神宮と一緒にいたのだ。それなのに、名前がわかったのは一馬だけだからと嫌がらせをされ続けるのは納得できない。

「そんなにいつまでも嫌がらせするようなことか？　あんな悪ふざけ、上手くいくことのほうが少ないだろ」

一馬は不快感を露わに文句を口にした。

「相手がお前じゃなきゃ、あいつらもここまでしつこくはしなかったかもな」

「俺だからって？」

「客観的に見れば、お前は仕事ができるイケメンだ。妬《ねた》まれる要素は充分すぎる」

「そりゃ、あいつらに比べれば、俺のほうが遙かにイケメンだけど」

接触のあった男たちの顔を思い浮かべ、一馬は冷静に分析《ぶんせき》する。どの男たちもイケメンとは言えない風貌《ふうぼう》ではあったが、それだけで妬みと決めつけるのは早計すぎると思った。それに刑事というだけで仕事ができると判断するものだろうか。

「もし、これが楽しげな動画を上げてる人間なら、俺もそうは考えなかった。だが、あんな動画を上げようとしている奴らだ。今の生活に満足しているとは到底《とうてい》思えない」

神宮は険しい顔で断言した。

「俺は仕事で必要じゃなきゃ、ネットもほとんど見ない。実際、たちの悪い動画ってどんなものがあるんだ？」

今時アナログと言われようが、一馬は画面を通してみるよりも自分の目で確かめたいタイプだ。だから携帯電話は連絡用という認識でしかなかった。それに、パソコンもタブレットも持っていないから、動画を見ることもない。

「説明するより見たほうが早いな」

神宮がいつも持ち歩いているバッグから、タブレットを取り出した。一馬とは違い、神宮はスマホもタブレットも使いこなしている。それに仕事で使うことも多いらしく、慣れた動作で画面を操作する。

「……この辺りか」

無言で指を動かしていた神宮が、そう呟き、並んで座る二人の間にタブレットを移動させる。画面上に写真のように静止した画像が映し出されていた。その中央には横向きにした三角の再生マークがある。

神宮が中央の再生マークを指でタップすると、停まっていた映像が動き出す。

どこの駅だろうか。明らかに駐輪場《ちゅうりんじょう》ではない歩道に、自転車が並んで停《と》められている。おそらく違法駐輪だ。そこに見知らぬ若い男が二人現れた。男たちは並ぶ自転車を隣と重なるようにペダルやハンドルを重ねていく。撮影者は別にいるようで、映像が大きくなったり小さくなったりしていた。

その間、横を通り過ぎる人はいた。だが、誰も彼らに声をかけることはない。中には何をしているのかと気にするような素振《そぶ》りを見せる人もいたが、関わり合いになりたくないのか、そのまま素通りだ。

それが続くこと数分。最初に並んでいた自転車の横幅は半分ほどに縮《ちぢ》まった。それだけ自転車同士が密着させられたということだ。

画面から男たちの姿が消えた。時間が経過したのか、同じような映像でも景色の明るさが変わった。

そこにひとりの女性が現れ、固まった自転車を見て動きを止める。この様子からすると、この自転車の中のどれかが彼女のものなのだろう。一台の自転車のハンドルに手をかけるが、到底、動かせそうにない。隣の自転車を持ち上げようとしたが、状況は変わらない。この自転車をばらけさせるには、端《はし》から一台ずつ動かしていくしかないだろうが、女性ひとりでどうにかするのは難しい。

女性はしばらくうろうろしていたが、やがて諦めたようにその場を立ち去った。自分では自転車を動かせないから、後から来た他の誰かがどうにかしてくれることに望みを託《たく》したのかもしれない。

もし、これが正規の駐輪場なら、こんなことは起きなかっただろうし、仮にこうなっても管理者が対処しただろう。だが、違法駐輪なら誰にも訴えることができない。この映像を撮った男たちもそれを見越して仕組んだのだ。

「これは見て楽しいのか?」

一馬は眉間に皺を寄せ、神宮に尋ねる。

「撮った本人は面白いと思っているんだろう」

神宮も不愉快そうに顔を顰めて答える。

不愉快な映像ではあるし、迷惑を被っている人間がいるのも確かだが、だからといって警察が動けるかというと、現実問題としては無理だろう。

「この動画を上げた奴は、他にもいくつか動画を上げているようだな。どれも似たようなものみたいだ」

神宮はタブレットを操作しながら言った。

「しかも、こんな奴らが他にもいるんだろ?」

一馬の言葉を受け、神宮がまたタブレットを指で操作して、また違う動画を再生させた。今度はマンションのインターホンを押して逃げる、いわゆるピンポンダッシュと呼ばれる古典的な悪戯動画だった。

こんなにすぐ別の動画が見つけられるほど、不愉快な投稿者は多いのだ。

「気持ち悪いな。吐《は》き気《け》がする」

表情を歪めたまま、一馬は辛辣《しんらつ》な言葉を吐き捨てる。

これが世間のほんの一部でしかないことはわかっている。それでも、一馬が守っている都民の中にこんな奴らが含まれているかと思うと、嫌な気持ちになるのも無理はないだろう。

「こんな動画を見せるために始まったサービスじゃないはずなんだがな」

顔は見なくても、神宮の声にも苦いものが含まれていて、嫌な思いをしているのは明らかだった。

「口直しじゃないが、こんなのも多いぞ」

神宮がすっと指を画面に滑《すべ》らせ、全く違う動画を映し出す。

真っ白の子犬が数匹、団子《だんご》状態になって、ドッグフードの入った器《うつわ》に群がっている。上に乗り上げる犬がいたり、どうやっても前に進めない犬がいたりと、小さな戦いが繰り広げられていた。

強ばっていた一馬の顔が自然と緩む。わざわざネットに繋いでまで見ようとは思わないが、目に入ったのなら最後まで見ていようと思うほどに和《なご》む映像だ。

「こっちのほうが圧倒的に再生回数が多い」

その声に視線を向けると、神宮の表情もまた柔らかくなっている。クールな男でも、さすがに子犬たちに表情を険しくすることはないようだ。

「再生回数が多いと儲《もう》かるんだっけ？」

一馬がうろ覚えな知識で尋ねる。

「俺も詳しくは知らないが、いろいろと条件があったはずだ。ただ動画を上げるだけで金が入るわけじゃない」

そう言って、神宮はネット検索して、一つの動画投稿サイトにおける、収入を得る条件を画面に映し出した。

「チャンネル登録者数とか、再生回数とか、こいつらはどれも条件を満たしてないな」

最初の悪ふざけ動画に関しては、再生回数は二百回程度だ。チャンネル登録者数にいたっては二桁だった。こんな動画でそれだけの再生数があるのは信じられないが、この程度では到底収入は得られないし、条件にかすってもいない。

「こいつの動画って、全部、こんな感じだよな。何が目的でやってんだ？」

一馬は画面を見ながら、単純な疑問を口にする。さっきの自転車の動画など、制作にかなり時間がかかっているのがわかる。それなのに、金にもならなければ、ほぼ見られてもいないというような再生回数だ。

「金を稼《かせ》ぐのが目的とは限らない。注目を集めたいとか、有名になりたいとか、そういった動機もあるだろう」

「どっちも叶《かな》ってないようだけど？」

「いくつか上げてれば、どれか一つでも話題になるかもしれないと、動画を上げ続けてるんじゃないのか」

「馬鹿馬鹿しい。こんなことで有名になって何が嬉しいんだよ」

一馬は吐き捨てるように言った。過去にバイトテロだと騒《さわ》がれ、賠償《ばいしょう》問題にまで発展した動画があった。それをもう忘れているのだろうか。このチャンネルにも、悪戯対象にされた人間が訴え出れば、確実に賠償責任を負うであろう動画もある。人生を台無しにしてまで、こんな動画を公表したいと思う気持ちが、一馬にはまるで理解できない。

「こいつらはただの悪戯だと思ってるんだ。それに対してムキになって怒るのは格好悪いから、責められるはずがないとでも考えているんだろう」

神宮は完全に呆れ口調だ。神宮のような人間からすれば、異世界の住人と同じくらい、理解できない人種に違いない。

「確実に、こいつらは同じことをされたらぶち切れるだろ」

「ああ、そうだろうな。お前にしつこく絡んでくるくらいだ」

「警察に注意されるくらいじゃ、全く反省してないな。もっと痛い目を見なきゃダメってことか」

どうやってその痛い目を見せるか。一馬は思考を巡《めぐ》らせる。

もちろん、一馬だけで考えるわけではない。一馬のブレーンである神宮には、その頭脳を思う存分発揮《はっき》してもらうつもりだ。そんな一馬の意図を視線から感じ取ったのか、神宮が嫌そうに顔を顰めた。

5

神宮《じんぐう》から連絡があったのは、署でパソコンに向かって報告書を仕上げていたときだった。神宮のマンションに居候《いそうろう》を始めて二日目のことだ。

苦情電話の主を突き止めたとのメールを読めば、自然とキーボードを打つ一馬《かずま》の指も速くなる。一刻も早く神宮の元に向かうためだ。

やる気がないから上達しないパソコン操作だが、なんとか通常よりも早く報告書を仕上げることができた。幸い、根元《ねもと》は不在で、今がチャンスだとこっそり報告書を根元のデスクに置いて、誰かに呼び止められる前に、品川署《しながわしょ》を飛び出した。

そうして、メールを見てから一時間とかからず科捜研《かそうけん》にやってきた一馬を、神宮は呆《あき》れ顔で出迎《でむか》えた。

「品川署はそんなに暇《ひま》なのか？」

「暇じゃねえよ。スピード解決しただけだ」

一馬はほんの少し得意げに答えた。

運が良かったのもあるが、昨日発生した強盗事件《ごうとうじけん》の容疑者《ようぎしゃ》を数時間前に一馬が逮捕《たいほ》したのだ。品川署に異動してきてからというもの、なかなかの働き具合だ。根元を喜ばせるつもりはなかったのだが、非常に機嫌《きげん》がよかったと聞いている。

「それじゃ、今は手が空《あ》いてるんだな?」

「今はな」

いつ呼び出しがかかるかしれないから、一馬はそんな曖昧《あいまい》な答え方しかできない。

「これを見ろ」

神宮は早速《さっそく》とばかりに、パソコンの画面を一馬に指し示す。そして、すぐに動画の再生を始めた。

「苦情電話の声の主はこの男だ」

画面にはテーブルを前にして座る若い男が映っていた。その男は何やら説明しているから、声はクリアに聞こえている。この声の解析《かいせき》をするのは容易《ようい》だっただろう。

「知らない男だな」

一馬は画面を覗《のぞ》き込み、断定した。一方的に知られていることはあるかもしれないが、少なくとも一馬に見覚えはなかった。

「声紋分析《せいもんぶんせき》の結果、九十パーセントの確率で同一人物だ」

「さすが神宮。仕事が早い」

予想以上に早い成果が得られたことに、一馬は素直に感嘆《かんたん》の声を上げた。

「くだらない動画に絞《しぼ》って探したからな」

神宮は得意になることもなく、平然と答える。

「後は、財布の藤井《ふじい》と居酒屋の角田《かくた》との繋《つな》がりだな」

居酒屋の店員の身元は本条《ほんじょう》から教えられている。角田昇《かくたのぼる》、二十六歳のフリーターだ。居酒屋のアルバイトをクビになり、今はまだ次の仕事先を見つけていない状況《じょうきょう》だという。撮影していたのは木村充希《きむらみつき》、二十四歳の大学生。動画投稿をきっかけに交流が始まったことまで、本条は調べてくれていた。

「財布男についてはわかってる」

そう言って、神宮がまたパソコンを操作して、画面を切り替えた。そこに新たな動画が映し出される。

どこの駅だろうか。人で賑《にぎ》わうホームの風景だ。客たちが並んで電車の到着を待っている。撮影しているのは角度的に反対側のホームだろう。

電車がホームに到着する。ドアが開き、乗客たちがホームに吐《は》き出《だ》される。それと入れ替わりに待っていた客たちが乗り込んでいく。よくある駅の風景のはずだった。何故《なぜ》、神宮がこんなものをわざわざ一馬に見せるのか。

その理由はすぐにわかった。

「なんだ……？」

一馬の視線は画面の中央に釘付《くぎづ》けになる。車両の他のドアと違い、中央にあるそのドアだけ、客たちの乗り込みが遅いのだ。正確に言うと、列の後部に並んでいた客たちが乗り込めていなかった。

「列の前に並んでいた奴らがグルで、自分たちの体を使ってドアを塞《ふさ》いでるんだ」

神宮の説明を受け、よく見ると、先に乗り込んだ男たちの乗車位置がおかしかった。車内にはまだ空いたスペースがあるのに、扉の上部を手で摑《つか》み、体で壁《かべ》を作っている。

やがて発車のベルが鳴り始める。乗れなかった客たちが慌《あわ》てて他のドアへと向かった。そこに笑い声が被《かぶ》さり、映像は途《と》切《ぎ》れた。

「この端《はし》にいるのが、財布男だ」

神宮がパソコンの画面を指さした。映像を戻し停止させた画面には、ドアを塞ぐ男たちが映っている。右端の男の横顔が確認できる。小さくはあったが、藤井に似ている。

一馬が断定しきれていないのがわかったのだろう。神宮がパソコンを操作して、停止させた画像を拡大してみせる。

間違いない。映っているのは藤井だ。わかったと一馬は神宮に頷《うなず》いて見せる。

「この動画を撮るにはある程度の人数が必要だから、同じような愉《ゆ》快《かい》犯《はん》が集まったんだろうな」

神宮が言うように、ドアを塞ぐ役には六人の男たちがいて、それに撮影する人間と駅員の監《かん》視《し》役《やく》も必要だろう。最低でも八人はいた計算になる。

「ここに居酒屋の男たちはいないみたいだな」

一馬は目を凝《こ》らして画面を確認していたが、見覚えのある顔は藤井以外になかった。

「これには参加していないか、映る側にいないだけか。どちらにせよ、そいつらは名前がわかってるんだ。調べることはできるだろう?」

「ああ、俺の出番だな」

一馬は自信を持ってその先を引き受けた。


一馬が足で聞き込みをした結果、藤井と角田たちとの繋がりが見つかった。あっさりと一馬の見ている前で集合したのだ。一馬も暇ではない。だが、たった一度の尾行《びこう》で、奴らの集会を引き当てたのだから、一馬の強運は健在のようだ。

男たちはカラオケ店に入っていった。個室で他人に会話を聞かれないという意味では、最適の場所なのだろう。だから、一馬もその中身まで知ることはできなかった。

集まったのは七人。その数が多いのか少ないのかはともかく、全員の顔は携帯電話で写真に収めた。そして、それを神宮へメールで送った。

神宮は既《すで》に苦情電話の男の身元を確認していた。警察《けいさつ》から動画投稿サイトに身元照会をしたようだ。そこは本条の手を借りたらしい。

「さて、ここからどうするか」

一馬はまた科捜研で神宮の前に座り、これからを考える。

「お前に嫌がらせをした男たち全員の身元はわかったが、それだけだからな」

そう、藤井と一緒にいた男の身元も一馬は自分の足で突き止めていた。それぞれの投稿動画も確認できた。だが、神宮の言うようにそれだけだ。

「ああ。あの動画程度じゃ、せいぜい呼び出して注意するくらいしかできない。仮に動画内で悪戯《いたずら》の被害《ひがい》に遭《あ》った人間を探したところで、その後の手間を考えれば訴《うった》えたりもしないだろうしな」

だからこそ、何かないかと一馬は頭を悩ませていた。

今後、藤井たちがこんな馬鹿な真似《まね》をしないよう、もっと強く釘を刺《さ》せる方法がないかをずっと考えているのだが、なかなかいい方法が思い浮かばない。警察《けいさつ》の注意を逆恨《さかうら》みするような男たちなのだ。

「桂木《かつらぎ》に聞いてみたらどうだ？　映像を扱《あつか》うという意味では、あいつはプロだからな」

「そうだな。あいつなら俺たちが気付かないことがわかるかもしれない」

神宮の提案に一馬はすぐに納得した。

一馬たちの友人である桂木暁生《かつらぎあきお》は、テレビ局で番組プロデューサーをしている。ドラマ製作班だとは言っていたが、一馬たちよりは詳しいはずだ。

一馬がその場で桂木にメールを送る。できるだけ簡潔《かんけつ》に一馬が受けた迷惑《めいわく》行為について説明し、投稿動画について聞きたいことを伝えた。

桂木も忙《いそが》しい男だからすぐに捕まるとは思っていない。それでも、いつも一馬の連絡には比較的早く返事をくれていた。

桂木から返事が来たのは、まだ一馬が科捜研にいるときだった。自分よりももっと詳しい人間を探して話を聞けるよう手配するとのことだった。その詳細は連絡が取れ次第ということになり、一馬はひとまず科捜研を後にした。

「こっちだ」

一馬は軽く手を上げ、近づいてくる神宮を出迎える。

桂木から連絡があり、投稿動画の専門家を連れて行くからと言われ、会うことになったのは、メールを送ったその日の夜だった。幸いにして新しい事件が発生しなかったため、神宮ひとりを送り出さずに済んだ。

飲むことになるだろうからと、神宮は車を科捜研に置いて電車でくるため、指定された店の最寄り駅で待ち合わせした。

「お前の周りにも尾行はないみたいだな」

一馬は念のため、神宮の周辺の気配を探り、尾行者の影《かげ》がないことを確認する。

「お前、いつも周りを警戒《けいかい》してるのか？」

「署を出るときだけな」

今は神宮のマンションにいるから、気にしなければいけないのは、品川署を出るときだけだ。一馬が品川署勤務だと知っている尾行者の立場に立てば、尾行の開始地点はそこしかない。だから、尾行者の気配を感じないときでも、最初は尾行を撒《ま》くような動きを取っていたし、今ではそれが習慣となっていた。

「尾行されてたことはあったのか？」

「一度だけな」

一馬はそのときのことを思い出し、笑いを零《こぼ》す。

「何があった？」

「ランニングに付き合わせた」

一馬の答えに神宮も笑い出す。

「そういえば、汗《あせ》だくで帰ってきたことがあったな」

「ああ。お前んちに泊まるようになって、朝のランニングができなくなったからな。ちょい距離は延びるがいけるかと思って走ってみた」

捜査《そうさ》で疲《つか》れているときならしなかっただろうが、その日は珍《めずら》しく早く上がれたし、歩き回ることもない日で体力が余っていたのだ。

「どれくらいついてきてたんだ？」

「五分で気配はなくなった」

その答えには堪《こら》えきれなくなったのか、神宮は吹《ふ》き出した。

「体力のない奴らだな」

「現役刑事《けいじ》を舐《な》めるなってことだよ」

それで懲《こ》りたのか、尾行はそのとき一度きりだった。一馬に気付かれずに尾行するのは無理だと悟《さと》ったのだろう。

そんな話をしているうちに、待ち合わせの店へと到着した。桂木と何度か食事をしに来た店だ。個室もあって秘密の話をするには最適の店だった。今日もまた桂木は個室を予約してくれていた。

「悪いな。こっちが頼んだのに待たせて」

部屋に入ると既に桂木と知らない男が飲み始めていた。一馬が何時に仕事を終われるか確定しなかったため、午後八時頃としか言えなかったのだ。

「一馬の仕事はわかってるし、こっちも久しぶりにゆっくりメシが食えた」

だから気にするなと桂木は笑って答える。

一馬と神宮が空いた席に座ると、桂木がそれではとばかりに男の紹介を始める。

「こちらがおそらく日本でトップの動画投稿のプロだ」

桂木の説明に一馬は首を傾《かし》げ、紹介された男は苦笑いする。

見た目はごく普通の男だ。一馬たちと同年代くらいで、眼鏡《めがね》をかけて真面目《まじめ》そうな顔立ちだが、奇抜《きばつ》な色合いのTシャツが平凡《へいぼん》な人物ではなさそうな雰囲気《ふんいき》を出していた。

「桂木さん、その説明、説明になってない」

「そうか？　わかんなかった？」

前半は男に、後半は一馬たちに桂木が問いかける。

「わかるはずないだろう。まずは名前からじゃないのか」

神宮が呆れたように言うと、男がすっと名刺《めいし》を差し出した。一馬と神宮の前に、それぞれ一枚ずつだ。

「Vチューバーのトキオ？」

一馬は名刺に書かれた文字を読み上げる。

Vチューバーという言葉は一馬も聞いたことがある。動画投稿サイトの一つである、Vチューブチャンネルに動画を投稿している者たちを指す言葉だ。

トキオの名刺はあまりに簡潔だった。名前以外には住所も電話番号も記されていない。あるのはVチューブにおける自らのチャンネルアドレスだけだ。

「あの『トキオ』か？」

わかったふうに言った神宮に、トキオと名乗る男が頷《うなず》く。

「なんだよ、一馬はトキオを知らないのか？　投稿動画で日本でもっとも稼《かせ》ぐ男だぞ」

「へえ、そうなんだ。ああいうのって、あんまり稼げないって聞いたんだけど」

「それを稼ぐから凄《すご》いんだろ。年収で億は軽く超えてる」

「マジで？」

驚《おどろ》く一馬に否定の言葉は誰からも出てこないところをみると、事実と受け取って間違いないようだ。稼ぐのは難しいと神宮に教えられていたから、一馬は信じられないものを見る目でトキオを見つめた。

「受ける動画を上げ始めたのが、俺が最初ってだけだと思うんですけどね。今は俺より稼いでる奴もいますよ」

「受ける動画って？」

一馬の疑問に、トキオは実際に見せたほうが早いと、スマートフォンを操作して画面を一馬に向ける。

映し出されたのは大きな公園だ。そこにトキオともうひとり知らない男が大縄跳《おおなわと》びを持って立っている。

「これは一番最近に上げたもので、ジャンルとしてはチャレンジ動画ですね。大縄跳びを回してたら、通りかかった人は参加してくれるのかって」

「なんだ、それ」

一馬は笑いながら動画の続きに目を向ける。

大縄跳びの周りに人が集まり始めた。最初は誰も参加しない。だが、小学生くらいの少年が縄を跳んだことで、一気に参加者が増えた。次々に跳び始め、最終的には十人以上が参加して、二十回を超えたところで記録は途絶《とだ》えた。自然と拍手《はくしゅ》が湧《わ》き起こり、動画は終わった。

「いい動画だな」

一馬は素直な感想を口にする。

誰も傷つけないし、馬鹿にもしていない。見知らぬ者同士の触れ合いに、何か温かいものが広がるような動画だ。

「ありがとうございます」

トキオは照れくさそうに頭を下げる。日本で最も有名な動画投稿者になった今、こんな感想をもらうこともなくなっていたのかもしれない。

「別に話題にならなくたっていいし、俺は自分が面白いと思ったことをやりたいだけなんですよ。それが結果として、皆に受け入れられて、真似されるようになったんです」

「トキオの真似して同じような動画を投稿するだけで、再生回数が上がったりもするらしい。こいつは動画投稿のブームまで作るんだ」

桂木が感心したようにトキオについて解説を加える。

一馬が全く知らない世界だが、偏見《へんけん》を抱きそうだった動画投稿の見方がトキオのおかげで変わってくる。

「そんな有名人を連れてくるかね」

「一番有名だからこそ、集まってくる情報もあるんだって」

そこへ一馬たちのためのビールが運ばれてきて、いったん、会話は中断される。その間に神宮はタブレットを取り出し、準備を始めていた。

ビールで喉《のど》を潤《うるお》してから、一馬は早速、話を切り出した。

「見て欲しいのは、この動画だ」

一馬のこの言葉を合図に、神宮が準備していた動画を再生させる。画面は桂木とトキオの二人に向けられている。動画は藤井が映っている電車のものだ。

しばらく見ていないと何を映そうとしているのかわかりづらい動画なのに、トキオはすぐに反応した。

「ああ、彼らですか」

険《けわ》しい顔で言うトキオの横で、桂木はまだ動画を見ている。おそらくもうそろそろ動画の意図がわかる頃合いだ。

「コレ、見たことあるのか？」

一馬の問いかけに、トキオは顰《しか》めっ面《つら》のまま頷いた。

「俺たちの間では、こいつらは悪い意味で有名人ですからね」

「こういうタチの悪い動画を上げるから?」

「ですね。彼らみたいなのが俺たちのイメージを悪くするんです」

トキオが心底、奴らを苦々《にがにが》しく思っているのが伝わってくる。

ネットに詳しければ、こういう動画もいろんな種類があることがわかるのだろうが、一馬のようによく知らない人間からすれば、悪い動画が取り上げられ、注目されることは迷惑でしかない。

「こいつらの目的ってなんなんだ?」

「ただ目立ちたいだけじゃないの?」

身《み》も蓋《ふた》もない言い方をしたのは桂木だ。どうやら動画を見終えたらしい。

「ま、それもあるんでしょうけど、こんなことを思いつく自分がかっこいいとか、こんな悪いこともできる自分がイケてると思ってるんじゃないですか。それで似たような思考の奴らでマウントを取り合うみたいな」

「ガキかよ」

トキオの説明に一馬が呆れて吐《は》き捨てる。

「成長を忘れたタチの悪い子供だな」

神宮もまた付き合ってられないとばかりに冷たく言い放つ。

「こいつらのことを調べてるんですか?」

「きつい お灸《きゅう》を据《す》えたくてな」

一馬はあえて迷惑をかけられていることを言わなかった。うっかり口にして、トキオから話が漏《も》れることを警戒したからだ。

「何かないか?」

一馬が尋ねると、トキオはうーんと腕を組んで首を捻《ひね》る。

「直接の知り合いじゃないんで、又聞《またぎ》きの又聞きになりますけど」

「それでもかまわない」

「この電車に乗ってる連中、普段はバラバラで動画を撮ってて、たまに人手がいるときにこうして集まるんですけど、最近、よく集まってるらしいんですよ」

それは一馬も実際目にしていた。だが、そのことに関しては疑問はなかったのだが、トキオは違うらしい。

「動画を撮るための打ち合わせじゃないのか」

桂木の問いかけに、トキオがまた首を傾げる。

「打ち合わせのために会ったりはしてないはずですよ。元々、そんなに親しい仲でもないようですしね」

「そうなのか?」

「再生回数を競う関係ですから。一緒に動画を作ることも滅多《めった》にないんですよ。奴らは自分だけが目立ちたいんです」

「それなのに、最近はよく集まってる……」

小声で呟《つぶや》いた一馬に被せるように、

「よほど、綿密《めんみつ》に打ち合わせをしないといけない何かを計画してるということか」

そう神宮が固い声で言った。

藤井たちはこれまで三度も撮影に失敗している。そのうち二度は一馬への嫌がらせが不発に終わったせいだ。だからこそ、今度こそ成功させようと、綿密に計画を練っているのかもしれない。

「その集会に参加してる奴から話を聞いたりとかは？」

一馬の問いかけに、トキオは首を横に振る。

「まともな動画投稿者は、こいつらとは付き合いませんからね」

「今回は残念だけど、それが正解だな」

一馬がそう答えると、神宮も桂木も頷く。

「それなら、こいつらと繋がってる奴らを知っていたら教えてほしい」

「それなら、この辺りですかね」

トキオは自分のスマホを取り出し、手早く操作して、画面を見せた。そこにはおそらく動画を投稿するときのＨＮ《ハンドルネーム》だろう一覧があった。その画面を神宮が手にしていたタブレットで写真に収める。

「こいつらのことは、これくらいしかわかりませんけど……」

大丈夫だろうかというふうにトキオが申し訳なさそうな顔をする。

「充分だ。手当たり次第に探すのは、さすがに骨が折れる」

一馬は安心させるように答えた。

少しではあるが、新たな情報は得られた。それからは主にトキオの話を聞くことをメインにして、食事を進めた。そして、二軒目に行くという二人と別れ、一馬と神宮は科捜研に戻ることにした。

既に午後十時を過ぎている。誰もいないわけではないが、人気の減った科捜研内はかなり静かで、話す声も自然と抑《おさ》えてしまう。

「さっき聞いた奴らの身元を調べるんだろ?」

「ああ。まずはそこからだな」

神宮がパソコンの電源を入れながら、一馬に答える。一馬もその隣に椅子《いす》を持ってきて座った。

習慣になっているのか、神宮はまずメールの確認をした。それくらい一馬が止めることではないし、何より科捜研の中にいるのだから、仕事のメールなら先にそれを処理《しょり》すべきだろう。

一馬が黙《だま》って見守る中、マウスを動かしていた神宮の手が止まった。

「仕事が入ったのか？」

「いや……」

神宮は短い言葉で否定した後、椅子のキャスターを使い、横にずれて、パソコンの前を一馬に譲《ゆず》った。

「見ろって？」

確認を求めるように尋ねると神宮が頷く。

科捜研のパソコンに届いたものを一馬が見ていいものなのか、首を傾げつつも、ダメなものならそもそも見ろとは言わないだろうと、一馬も神宮と同じように椅子のキャスターを使って横に移動した。

神宮が開いていたメールの文面が目に飛び込んでくる。それは一馬を唖然《あぜん》とさせるに充分な内容だった。

「今更《いまさら》、驚《おどろ》きはしないがな」

「確かに、あいつなら何でもありだけどさ」

どうしてわざわざ科捜研のパソコン宛てに送ってくるのかと、一馬も神宮も呆れ顔で溜息《ためいき》を吐《つ》く。

メールの送信者はカタカナ三文字、『ジロー』と記されていた。メールには写真が添付されているだけで、本文も件名もない。

神宮はすぐにその写真を開いた。写真は掲示板なのかチャットなのか、ネット上で何人かがやりとりしている画面のスクリーンショットだった。

『また尾行失敗したんだって？』

『あいつ、うろちょろしすぎだろ』

『仕事してないじゃん』

固有名詞を出さないやりとりだが、一馬たちにはそれが誰のことなのかすぐにわかる。もちろん、ジローもわかったからこそ、こうして送ってきているのだ。

一馬が協力を頼んだわけではないのに、ジローは引き続き情報を集めていた。ジローに気に入られているのはわかっていたが、無償《むしょう》で恩恵《おんけい》を受けるのは後が怖い。それでも、この情報はありがたかった。

『あんな顔だけ刑事《けいじ》、そろそろやっちゃおう』

『賛成《さんせい》。自宅と帰宅経路はわかってんだし、待ち伏《まぶ》せすればいけるっしょ』

そんなやりとりが最後まで続いている。一馬は画面から神宮に顔を向けた。

「どうやら、俺は襲撃《しゅうげき》されるみたいだな」

他人事《ひとごと》のような一馬に緊迫感《きんぱくかん》はない。このやりとりにはどこにも一馬を恐れさせるものはなかった。

「襲撃現場を、あくまで第三者の目撃者《もくげきしゃ》を装《よそお》って撮影するという作戦か」

神宮もまた淡々《たんたん》と答える。一馬が簡単にやられるはずがないと確信しているのと、これまでの計画の杜撰《ずさん》さと事前にこうして漏れてしまったことで、成功する可能性がゼロだと考えているのだろう。

「本気でコレが成功すると思ってるなら、俺も随分《ずいぶん》と舐められたもんだ」

「そりゃ、お前のことを顔だけだと思ってるんだ。侮《あなど》りもするだろう」

「俺の顔がいいのは確かだとしても、顔だけで刑事は務まらないんだけどな。それを身をもってわからせてやるか」

一馬はニヤリと笑ってみせる。

「お前、自分を囮《おとり》にするつもりだろう?」

「それが一番手っ取り早い」

せっかく向こうから手を出してきてくれるのだ。それを利用しない手はない。しかもここまで作戦がわかっているなら、いくらでも手を打てる。

「相当、人数を集めてきてるぞ。それに素手《すで》でもなさそうだ」

写真のやりとりはまだ続きがあって、それぞれ武器は何にするかを相談していた。足が着かないものをと、埼玉のホームセンターで鉄パイプを購入する計画を立てている。

「鉄パイプねえ」

一馬の声に侮蔑《ぶべつ》が籠《こ》もる。敵《かな》わないから武器を用意するのはわかるが、扱《あつか》い慣れていないものをまともに使いこなせるのか、疑問が残る。武器さえあれば強くなった気になるのだろう。一馬が見た限り、藤井たちの誰にも格闘《かくとう》経験はなさそうだった。それでも、万《まん》が一《いち》を考えて、用心はしておくつもりだ。

「さすがに俺もひとりでは行かないさ」

一馬が答えると、神宮が訝《いぶか》しげに目を細める。

「あ、お前のことじゃないから。お前の腕力は当てにしてない」

「本条さんか？」

「正解。本条さんも空いてる日を狙《ねら》って、こいつらをおびき出す」

まだ本条に打診《だしん》すらしていないが、面倒見のいい本条のことだ、きっと協力してくれるに違いない。

一馬はここ最近、ずっと神宮のマンションに帰っていた。だが、帰宅途中を襲《おそ》わせるのなら、今日からでも自宅に戻っているところを見せておいたほうがいいだろう。向こうは早く一馬を陥《おとしい》れたくて焦《あせ》っている。きっとすぐに手を出してくるはずだ。

「だから、お前は来るなよ。足手まといになる」

冷たい言い方になっても、神宮を危険から遠ざけるためには仕方ない。神宮がその場にいれば、どうしても一馬は気にしてしまう。だから心置きなく迎撃《げいげき》するためにも、神宮は遠ざける必要があった。

「仕方ないな。だが、迎《むか》え撃《う》つための作戦は俺が立てる」

神宮もまた一馬から危険を遠ざけたい。そう考えているのはわかっている。今度は一馬が仕方ないと頷く番だった。

6

計画は綿密に練った。迂闊《うかつ》にひとりでいるときに狙われないよう、最初に自宅に戻ったときにはタクシーでマンションに帰った。自宅に帰るようになったことを教えるために、わざと遅くまで部屋の電気はつけておいた。

本条には科捜研から連絡をして、協力を仰《あお》いだ。捜査一課の本条が暇なはずはないから、夜に本条の体が空く日が決行日となった。

それが今日、ジローからメールを受け取った日の四日後だ。

神宮によると、あれから毎日ジローはメールを送ってきているのだという。何故、一馬ではなく神宮にメールを送るのかは、きっとメールの内容から何か調べるとしたら、それは神宮の役割になるからだろう。それに一馬だとパソコンを見ない日もあることを知っているのかもしれない。ジローならもう何を知られていても驚かない。

一馬が自分のマンションに帰るようになったことを、奴らは把握《はあく》していた。そして、数日のうち、一馬の隙《すき》ができた日を狙うと決めたことも、メールでわかった。つまり襲撃される日を決めるのは一馬だということだ。

本条から今日の夜なら体が空けられると昼にメールをもらい、計画の実行が決まった。打ち合わせはしてあり、詳細は伝えてある。後はゴーサインを出すだけだ。一馬はその旨《むね》を本条に返信した。

そして、一馬がひとりで品川署を出たのは、午後十時を過ぎてからだった。奴らが決めた襲撃場所とされる公園付近の人気がなくなる時刻《じこく》まで、わざと居残っていたのだ。この数日はほぼ毎日、同じ時刻に帰っていた。これも奴らの計画を立てやすくさせ、襲いやすくするためだった。

素人の尾行を意識しながら、一馬は速くも遅くもないスピードで歩き続ける。おそらく数人は先回りしているだろうが、それも想定内だ。

二十分ほど歩き、街灯だけの薄暗い公園へと差し掛かった。中を突っ切れば、ほんの少しだけマンションへの近道になる。だから、ここを通っても罠《わな》だとは思われないだろうと、最近はずっとこの道を通っていた。

公園の中へと進む一馬の耳に、近づいてくる複数の足音が届いた。

一馬が足を止めたのは一瞬だけ。すぐにその足音の一つに向けて走り出す。

「なっ……」

相手が驚きの声を上げた。身元を隠すため、きっと顔も声も出さないつもりだったに違いない。頭から目出し帽《ぼう》を被り、サングラスをかけた男が固まっている。まさか一馬から向かってくるとは思わなかったのだろう。

一馬はその男の胸ぐらを掴んで背負い投げで地面に叩《たた》きつける。そして、すぐさま次の男へと顔を向けた。

街灯もある。月明かりもある。薄暗くても真っ暗というわけではないのだ。どこに男たちがいるかなど簡単にわかった。

一馬が周囲に視線を巡《めぐ》らすと、最初の男と同じように顔を隠した男たちがいた。その数、五人。一馬はふっと口元を緩《ゆる》めた。これなら本条に応援を頼まなくてもよかったかもしれない。全く格闘に慣れていない素人《しろうと》が六人程度なら、一馬ひとりでも充分だ。

男たちの手にはそれぞれ鉄パイプが握られていた。さっきの男は使う間もなく投げ飛ばしたから、その鉄パイプは地面に転がっていた。

「それ、よかったら本条さんが使ってくださいよ」

一馬はニヤリと笑ったまま、近づいてきた本条に声をかける。

素人の男たちと違い、本条の足音に一馬は気付いていなかったが、最初の男を投げ飛ばした瞬間には、本条はそばに駆《か》けつけていた。計画どおり、近くから出てくるタイミングを見計らっていたのだ。

「使えというなら使うけどな」

本条は余裕の態度で鉄パイプを拾い上げる。一馬や本条に必要なくても、相手から武器を取り上げるという意味では大事なことだ。

最初に倒した男がよろけながら立ち上がる。六対二、数だけでは圧倒的に相手が有利でも、全く恐れはなかった。

「どうした？　かかってこないのか？」

一馬の挑発《ちょうはつ》に男たちはわかりやすく反応した。

「ふざけやがって」

怒声とともに一馬の前にいた男が鉄パイプを振り上げる。それを合図に残りの男たちも一馬と本条へ向かってきた。

一馬は体をスウィングさせて横にずらすと、そのまま勢いをつけて、相手の腹に左フックを打ち込んだ。鉄パイプを振り下ろす暇など与えない。

「うぐっ……」

覆面《ふくめん》越しのくぐもった声と共に、男が崩《くず》れ落《お》ちる。それにかまわず一馬はすぐに体の向きを変える。

一馬の視界には、二人の男の鉄パイプを打ち払っている本条が映り込む。

本条の動きに乱れはない。本条なら放っておいても大丈夫だ。一馬は自分に向けられた鉄パイプだけに意識を集中した。

既に二人が倒れ、本条が二人を受け持ってくれている。残るのは二人だ。早々に終わらせようと一馬は自分から突っ込んでいった。鉄パイプを躱《かわ》しつつ、すれ違いざま首の後ろに肘《ひじ》を落とす。これでまたひとり落ちた。

本条の受け持ち分も既にひとりは鉄パイプを弾《はじ》き飛ばされ、もうひとりは倒れている。勝敗は既に決していた。

だからなのだろう。少し離れた場所からざわざわと草木を揺らす音が聞こえてきて、そこに顔を向けると撮影を担当していた男たちが逃げようとしているのが見えた。

忘れていたわけではないが、後回しにしていたのは事実だ。奇襲《きしゅう》要員を抑えておけば、仮に撮影班が逃げたところで後で捕まえられるからだ。

「河東《かわとう》、こっちは任せろ」

本条も逃げようとする男たちに気づいた。出された指示を拒《こば》む理由はない。一馬はすぐさま男たちに向かって駆け出した。

「邪魔《じゃま》だ。どけ」

男の声は一馬にかけられたものではない。一馬は二人の後ろから駆け寄っている。男たちの行く手を遮《さえぎ》るように立っていたのは神宮だった。

神宮も少しは護身術《ごしんじゅつ》のようなものを習ってはいるが、決して得意ではない。二人を相手になどできるはずがない。それでも、神宮は立ち塞《ふさ》がったままだ。

どうして神宮がここにいるのか。理由はわからないものの、神宮に危険が迫《せま》っていることは確かだ。焦《あせ》っても一馬の手は届かない。

神宮と男のひとりがぶつかる。後ろから見ていた一馬からはそう見えた。

神宮が殴《なぐ》ったのかどうかはわからないが、男のひとりが体勢を崩《くず》す。だが、もうひとりの男がそれを邪魔するように神宮の肩を摑んだ。

一馬がようやく神宮の元に辿《たど》り着く一歩手前で、神宮の顔に男の拳《こぶし》が当たった。神宮がその衝撃《しょうげき》に後ずさる。

プチンと一馬の中で何かが切れる音がした。

一馬は走り着いた勢いのまま、神宮を殴った男を蹴《け》り飛ばした。そして、そばにいた男も反対の足で蹴りつける。

「誰の許可を得てコイツを殴ってんだよ。コイツを殴っていいのは俺だけだ」

一馬はそう言いながらも地面に転がる男の腹を蹴りつけた。一馬の全力の蹴りに、二人は完全に戦意を喪失《そうしつ》している。それでも一馬は足を振り上げた。

「やりすぎだ」

神宮に肩を摑まれ、一馬は足を止める。

「それに俺はお前にも殴られるつもりはないぞ」

呆れた声がいつもの神宮のもので、一馬はようやく冷静さを取り戻す。

「とりあえず手錠《てじょう》をかけとくか」

一馬は上着の内側から手錠を取り出し、倒れた男の腕を摑んで、もうひとりの男に近づける。手錠は一つしか持っていないから、二人の腕を繋ぐしかなかった。足は自由なのだから、逃げ

ようとすれば逃げられるが、そこまでの力も気力も残っていないだろう。

「あっちも終わったようだな」

神宮の声に顔を向けると、本条も一馬と同じように倒れた男たちに手錠をかけていた。違うのは準備していたらしく、いくつも手錠が出てきたことだ。

「協力を求められたほうが準備万端《ばんたん》というのはどうなんだろうな」

神宮の指摘《してき》に一馬はとぼけてそっぽを向く。相手が大人数だとわかっていても、その後のことまでは考えてなかった。全員、叩きのめせばいいと思っていたからだ。

「河東、もう応援も呼んでる」

本条がその場から一馬に向けて声を上げた。

「さすが、本条さん。助かります」

一馬は素直に感謝の気持ちを口にした。

この人数を連行するにはそれに見合った人手がいる。本条は知らないうちにその手配もしてくれていたらしい。

本来ならここは品川署の管轄《かんかつ》だ。一馬が率先《そっせん》して署に連行すべきなのだろうが、そうなると新聞沙汰《ざた》にもならない事件にされてしまう恐れがあった。面倒ごとを嫌う上司ならただの傷害《しょうがい》で済ますだろう。根元がそのタイプかどうかまだわからないが、一馬は確実にこの事件を大きくしたかった。動画を投稿するためだけに刑事を襲撃した。それが話題になれば、行きすぎた動画投稿へ歯止めをかけるきっかけになるかもしれない。そのためには本庁《ほんちょう》に動いてもらうほうが都合が良かった。

近づいてくるパトカーのサイレンを聞きながら、一馬はそんなことを考えていた。

当然ながら、被害者《ひがいしゃ》である一馬が事件そのものを本条に丸投げするわけにはいかず、事情聴取《じじょうちょう》《しゅ》に付き合い、それが終わった頃にはとっくに日付が変わっていた。

「すっかり遅くなったな」

神宮と一緒に本庁を出た一馬は溜息交じりに言った。

「だが、これで面倒ごとから解放される」

「まあな」

それだけはよかったと一馬も頷く。

「車はまだ科捜研に置いてある。送っていこう」

「いや、俺が運転して送っていく。お前は怪我人《けがにん》だろ」

一馬は神宮の申し出を断り、逆に自分がと申し出た。今も至近距離で見る神宮の顔には、殴られた痕《あと》があった。唇《くちびる》の端も切れていて、端正《たんせい》な顔だけにそれが痛々しく、一馬は顔を顰《しか》める。

「これくらいで大袈裟《おおげさ》だ」

神宮は気にしてないようだが、見えてしまうだけに一馬は気にしないではいられない。何しろ、一馬が撮影班を後回しにしていた結果なのだ。

どちらが運転するにせよ、神宮の車で帰ることは決定だ。二人は話しながら科捜研へと足を進める。

「この怪我は俺が現場に行ったことが原因なんだ。お前が気にすることはない」

まだ表情の険しい一馬に、神宮が宥《なだ》めるように言った。

「そういや、なんで来たんだ?」

今まで他に人がいて聞けなかったことが、二人きりになってようやく聞けた。予定では神宮は現場には来ないことになっていて、それを神宮も納得していたはずだった。

「行くつもりはなかったんだが、またあいつからメールが来てな」

あいつは言うまでもなく、ジローのことだ。神宮によると、一馬が品川署を出た頃に、メールが届いたのだという。

「そんなに焦るようなことを書いてたのか?」

「襲撃の人数が八人で確定したことと、中にはナイフを持っていくと言ってる奴もいたことがわかった」

「それで俺が危ないと思ったわけか」

一馬の言葉に、神宮がそうだと頷く。

ナイフの出番はなかったが、神宮を責めるわけにはいかない。撮影担当の男たちが神宮に向かっていったのは予想できないことだし、何より、一馬を心配して、武闘派《ぶとうは》でもない神宮が焦って駆けつけたのだ。それだけ想われている証拠《しょうこ》だ。

「怪我、早く治るといいな」

「だから、お前が思うほど重傷《じゅうしょう》じゃない……っ……」

神宮がふっと笑ったものの、そのせいで唇《くちびる》が引っ張られたのか、痛みに言葉を詰まらせ、顔を顰める。

「今日は安静だな。俺が運転する」

ちょうど科捜研に到着したところだった。神宮から車のキーを取り上げ、一馬は運転席に回り込んだ。

「俺がお前を送っていったほうが楽だと思うが？」

車を走らせ始めてから、神宮がまだ納得できないように言った。

「そのままお前ん家に泊まるから問題ない」

「やっと自宅に帰るようになったのにか」

横から聞こえる神宮の声には呆れが感じられた。

「お前ん家も俺ん家みたいなもんだろ」

「この一ヶ月くらいは、本当にそうなってたな」

異動して以来の慌ただしい日々を思い出す神宮の口調はどこか懐《なつ》かしげに聞こえる。期間限定の同棲《どうせい》生活も終わってみればいい思い出だ。

「だが、せっかくだから、看病でもしてもらうか」

「なんの看病だよ。その痕が早く引くように冷やすだけだ」

「それはするんだな」

何がおかしかったのか、神宮がくっと喉を鳴らして笑う。

「そんなに俺の顔に傷があるのは嫌か？」

「俺以外がつけた痕なんて見てられるかよ」

一馬はムッとして答えたのに、神宮は声を上げて笑い出した。神宮にしては珍しく爆笑《ばくしょう》と言えるほどの笑い方だ。

車内の雰囲気は明るいものだった。厄介《やっかい》ごとが解決した解放感と、神宮が上機嫌《じょうきげん》のせいだろうか。たわいない話に変わっても楽しかった。

車はやがて通い慣れた神宮のマンションへと到着する。駐車場へ車を停め、二人で一緒に部屋へと上がっていく。

「傷薬はあるのか？」

部屋に入るなり、一馬は神宮に尋ねる。

「さっき本庁で手当はしてもらったから必要ない」

「風呂に入ったら、また塗《ぬ》り直さなきゃいけないだろ」

「わかったわかった。確か、軟膏《なんこう》があったはずだ」

神宮はチェストの引き出しを探り、中から小さなチューブを取り出した。

「よし、あったなら風呂に行っていい」

「なんでそんなに偉《えら》そうなんだ」

呆れ顔で言いながらも、神宮は軟膏を手にバスルームに向かう。

「あ、顔に熱い湯なんか当てるなよ。冷やさなきゃいけないんだからな」

「うるさい男だな。そんなに気になるなら、お前も一緒に入るか?」

バスルームの隣にある洗面所から神宮が尋ねてくる。

顔は見えず、音しか聞こえない。声と一緒に聞こえる服を脱《ぬ》ぐ音に、一馬の妄想《もうそう》が広がる。神宮の裸《はだか》などもう数えきれないくらい見ているのに、その姿を思い浮かべるだけで体が熱くなるのが不思議《ふしぎ》だった。

「そうだな。夜も遅いし、一緒に入れば時間の節約にもなるし」

誰に対しての言い訳なのか、やましい気持ちを誤魔化《ごまか》しながら、一馬はいそいそとバスルームへ向かった。

洗面所に行くとそこには既に神宮の姿はなかった。バスルームへ続く扉《とびら》は開いたままだったから、バスタブの中でシャワーを浴びようとしている神宮の姿はすぐに見つかった。

一馬は急いで身につけていたものを脱ぎ捨て、神宮の元へ急ぐ。

決して広くはないバスタブの中に、一馬も足を踏み入れる。まだ触れ合ってはいなくても、神宮の体の熱が伝わってくるような気がする距離だ。

「これくらいなら熱くはないだろう？」

神宮がシャワーヘッドを手にして、一馬に湯を当てて尋ねる。

「ああ。これなら大丈夫だ」

季節的に熱くなり始めた頃で、温《ぬる》くても風邪《かぜ》を引くことはないだろう。一馬が了承すると、神宮はシャワーをフックに戻そうとした。

「……っ……」

シャワーが傷に当たったのか、神宮が微《かす》かに感じた痛みに顔を顰める。

「馬鹿だな。直接当てたら痛いに決まってんだろ」

一馬の指摘に、神宮がムッとした顔をする。馬鹿扱いは神宮にとってもっとも腹の立つことらしい。

「この程度の傷を気にして、何もできないなんてな」

そう言って神宮が自嘲気味《じちょうぎみ》に笑う。

「シャワーを当てられないくらいで大袈裟だな」

「大袈裟か？　キスもできないのに？」

挑発するように艶然《えんぜん》と微笑みながら問いかけられ、一馬は生唾《なまつば》を飲み込む。何しろ、肌がぶつかるほどの距離で二人とも裸でいる状況《じょうきょう》だ。その先を期待していないはずがない。そこに煽《あお》るような笑みを見せられれば、嫌でも体は熱くなる。

「無理かな」

傷に当たらないようにすれば……。一馬は少し顔を傾け、傷のない側の口の端に唇を重ねてみた。

見た目よりも柔らかい唇の感触に胸が高鳴る。

けれど、できたのはそれだけだった。一馬はそっと顔を離した。これ以上、触れてしまうともっと求めてしまう。舌を差し込むディープなキスは、口を開かせることになるから、傷に障《さわ》る。

「これで我慢《がまん》しろと？」

神宮が不満の声を上げる。

「キスはな」

一馬もこんな子供だましのキスだけで我慢できるはずがなかった。

向き合った二人の視線が絡《から》み合う。両手は自然と互いの股間《こかん》へと伸びていった。

「なんでもうこんなになってるんだ？」

神宮がからかうように尋ねてくる。触れた瞬間、待ってましたとばかりに一馬の中心が勢いよく勃《た》ち上がったからだ。

「久しぶりの捕物《とりもの》で興奮《こうふん》してたんだよ」

「それがまだ治まってないと？」

「治まったと思ったんだけどな。お前に触ったら復活した」

「元気な奴だ」

くっと笑って、神宮が一馬の屹立《きつりつ》を撫《な》でる。待ちわびていた刺激に一馬は思わず体を震《ふる》わせた。

もちろん、一馬もされっぱなしではいなかった。まだ力を持たない神宮の中心を手のひらで包み、ゆっくりと扱《しご》き始める。

バスタブの中で向かい合って立つ一馬と神宮の間にシャワーの湯が降り注《そそ》ぐ。シャワーの温度は温く設定していても、バスルームの室温が上がるのは必然だ。何しろ、体温が上がるようなことをしているのだ。

一馬の手の中にある神宮が徐々に硬さを持ち始める。自分以外の昂《たか》ぶりの熱に煽られ、ますます手の動きを速めてしまう。それに神宮が的確に扱いてくるから、負けていられないという思いもあった。

頂点に上り詰めるのは早かった。やはりさっきの乱闘《らんとう》の余韻《よいん》が神宮にも残っていたのだろう。一馬も神宮も早く達したいという思いで、自らの射精を促《うなが》すかのように、相手の屹立を扱き上げた。

「……っ……」

一馬は息を詰め迸《ほとばし》りを放ったが、神宮は顔を伏《ふ》せていたし、シャワーの音もあって声を出したかはわからなかった。それでも一馬の手の中にある滑った感触と力をなくした中心が、神宮も達したのだと一馬に教えてくれる。

「お互い、早いな」

その事実が照れくさくて、一馬は誤魔化すように笑いながら言った。

「一度出しておけば、次は長く持つ」

「まあな。じゃ、次はベッドに……」

移動しようと言いかけた一馬を止めたのは、胸に触れた神宮の指だ。触れられていなかったのに、興奮していたせいか、既に固くなっていたそこを神宮が指で弄《もてあそ》ぶ。

「おい、待てって」

「待たない。俺はここでいい」

神宮はそう言って、背を丸め、一馬の胸元に顔を近づけた。

「んっ……」

胸の先端を舌で舐められ、一馬は微かな息を漏らす。胸で感じるのは男として耐《た》えがたい羞《しゅう》恥《ち》があるのだが、刺激を与えられれば感じてしまう。一馬にできるのはせいぜいがおかしな声を上げないようにすることくらいだ。

「おとなしくしろって言ってんだろ」

一馬は声が震えないよう注意しながら、神宮の頭に手を置いて咎《とが》めた。

「これくらいなら傷は痛まない。大口を開けてるわけじゃないからな」

確かに神宮の舌遣いはいつもより鈍《にぶ》い気がする。というよりも、舌で転がされることもなければ、吸《す》い付かれもしないのは、唇の動きを制限しているからなのだろう。だが、それが一馬にもどかしさを感じさせた。

「ふ……っ……」

軽く歯を立てられ、甘い刺激に微かな息が漏れ、一馬は慌てて口を塞いだ。

「お前はこっちも好きだからな」

「そこで……喋《しゃべ》る……な……」

当たる息さえ刺激となり、一馬に快感を与える。一馬は神宮の肩に手を置き、力が抜けていく自らの体を支えた。

神宮の手が一馬の背中に回された。その手が片方だけだったことの意味に一馬がすぐに気付いていれば、その先の展開はなかった。けれど、胸への刺激に耐えていた一馬には、冷静な判断などできなかった。

「く……ぅ……」

いきなり後孔に指を突き入れられ、一馬の口からくぐもった声が押し出される。シャワーを浴びているから乾《かわ》いた指ではないのはもちろん、何かねっとりとしたものまで纏《まと》っていたおかげで、引《ひ》き攣《つ》れるような痛みはなかった。ただそれで圧迫感《あっぱくかん》が薄まるわけではない。

「ここを使うなら、俺の口に負担はないだろう？」

神宮が一馬を見上げ、ニヤリと笑う。

文句をつけたいが奥にある違和感《いわかん》が一馬の口を封じる。声を上げることで中の異物を締め付けてしまうのは、これまでの経験で知っていた。

どうにかやり過ごそうと唇を噛《か》みしめる一馬をあざ笑うように、神宮が中の指を動かし始めた。

「あ……あぁ……」

ぐるりと指を回され、堪えきれずに声が上がる。どこをどうすれば一馬が感じるのかを知り尽くした神宮の指が、ただ中を解《ほぐ》すためだけに動くはずもなかった。

まずは快感《かいかん》を与え、一馬の抵抗を奪《うば》うつもりなのだろう。前立腺《ぜんりつせん》を指先で撫でられ、腰が砕《くだ》ける。神宮の肩を掴む一馬の手にも知らず知らず力がこもる。

「うっ……くぅ……」

押し広げるように新たな指を突き入れられ、また声が上がる。

一馬の中に収められた二本の指が、開いたり閉じたりしながら固く閉ざされた後孔を解していく。それを止めることは一馬にはできなかった。抵抗しようにも力が入らない。それに胸への刺激は絶えず与えられていて、中の違和感さえ、次第に薄らいでいくのだ。

零れ出る息がただ熱だけを伝えるようになると、神宮の指がさらに増やされた。押し返すこともせず、すんなりと三本の指を受け入れられるほどに解れているが、それでも神宮は中を掻《か》き回す。

圧迫感も異物感もとっくに消えている。ずっと上げ続ける声は快感しか訴《うった》えていなかった。神宮も気付いているはずだが、指は動きを止めない。

一馬の中心はすっかり勢いを取り戻していた。中心には触れられないまま、硬く勃ち上がり、先走りを零し始める。

「イきたいか?」

神宮がようやく胸から顔を離し、一馬の顔を覗き込みながら尋ねてくる。

ここで頷けば神宮の思うままだ。一馬は無言で頭を横に振った。

「残念だな。イきたいと言うなら、すぐにイかせてやったのに」

そう言って神宮が意地の悪そうな笑みを浮かべる。

「まだ大丈夫なら、もう少し俺に付き合ってもらおう」

中に指が入ったまま、神宮は一馬の肩を押し、体の向きを変えさせた。向かい合う格好では

なく、神宮に背中を向ける体勢だ。

一馬は支えにしていた神宮の体がなくなり、代わりに現れた目の前の壁に手を突いた。その瞬間だった。

指が引き抜かれ、すぐさま硬くて熱い昂ぶりに貫《つらぬ》かれる。

「あっ……あぁ……」

薄れていた圧迫感が即座《そくざ》に蘇《よみがえ》り、一馬の口から引き攣れた声が押し出される。

神宮は奥まで一気に腰を進めると、そこで動きを止めた。背中に神宮の体が重なる。

「お前の中は最高だ」

耳元で囁《ささや》かれ、背筋《せすじ》がぞくりと震える。みっちりと隙間《すきま》なく一馬の中に収められた神宮の熱が、この言葉に真実味を持たせていた。

神宮がゆっくりと腰を使い始める。一馬の前には壁があり、逃げ場はなかった。

ズンと突き上げられ、奥を抉《えぐ》られる。感じるはずなどなかった場所から、耐《た》えきれない快感が広がっていく。

ずっと降り注いでいたシャワーの湯が二人を頭からずぶ濡れにしていた。それにかまうことなく、神宮は腰を使い続ける。

突かれる度に一馬の口からは熱い熱を持った声が溢《あふ》れ出す。もういっそ体に当たるのは水でもいいと思うほどに、体が熱かった。

「も……もうっ……」

一馬は上ずった声で限界だと訴えた。

屹立は痛いくらいに張り詰めている。ほんの少しの刺激でも与えられれば達することができるだろう。そう思えばもう我慢はできなかった。

一馬は自ら股間に手を伸ばした。

「は……あぁ……」

ほんの一擦《ひとこす》りするだけで、迸りが解き放たれる。射精の解放感に一馬は安堵《あんど》の息を漏らした。

体から力が抜けるが、神宮と繋がっているため、崩れ落ちることはなかった。

そんな脱力した一馬の体に、神宮が最後だとばかりに一際《ひときわ》深く突き上げた。

「……くっ……」

小さく呻《うめ》いた神宮の声と共に、一馬の中に熱いものが広がった。

「お前っ……」

まだ繋がったままだから、顔だけでしか振り返ることができないものの、一馬は掠《かす》れた声で神宮を怒鳴りつけた。

感じたくもないし気付きたくもなかったが、一馬の体の奥には射精された証《あかし》が残っている。

中出しされたことへの怒りは怒鳴るくらいでは治まらない。

「中出しは、風呂場でする醍醐味《だいごみ》だろ。すぐに掻き出せる」

嘯《うそぶ》く神宮が、ゆっくりと力を失った自身を引き抜いた。それに伴《ともな》い、神宮の放ったものが、後孔から溢れ出る。その感触に一馬は身を震わせた。

それでも、一馬は完全に力が入らない状態ながら、できる限りの早さで体の向きを変え、神宮と向き合った。神宮に背中を向けているのは、達した直後であろうと危ないことには変わりない。

「それにゴムまでは準備できなかった」

「ゴムまではって……」

そういえば、奥を探られたとき、何か滑った感触があったのを一馬は思い出す。そんなことに気付けるようになった自分が嫌で、その先を口にしなかったのだが、神宮は言わずとも察した。

「ああ、そうだ。軟膏をシャンプーのボトルの裏に隠しておいた」

「ろくでもないことに使いやがって」

実際、神宮の言ったとおりの場所にあるチューブの軟膏を手に取ってみると、ほとんど中身は残っていないように見えた。

「有意義に使っただろう?」

「本来の目的じゃねえよ」

そう言って神宮に目をやると、自分で思うよりも動きすぎていたのか、唇の端に血が滲《にじ》んでいた。

「血が出てるぞ。これじゃ、何のために一緒にシャワーを浴びたかわかんねえって」

「これが俺にとっては一番の薬だ」

「上手く言ったつもりか知らねえけど、全く上手くねえからな」

一馬は濡れた手を神宮の口元へと伸ばし、滲んだ血を拭《ぬぐ》い取った。

「ここに塗る分くらいは残ってるだろ」

だから早く出て薬を塗り直そうと、一馬は神宮を促したつもりだった。

「もう出るのか?」

「お前と一緒に長居できるかよ」

「俺はともかく、お前はそのままでいいのか?」

どういう意味だと視線で問いかける一馬に、神宮が視線を落とす。その視線が向かう先は一馬の股間……ではなく、おそらくその裏側だ。

「俺は中に出した。出さなくていいのか?」

そう言いながら、神宮が一歩距離を詰めてくる。

「自分ではできないだろう?」

その問いかけに、一馬は答えられなかった。実際、過去に何度か中で射精されたことがあった。その度に掻き出す作業は神宮が行った。自分ではどうしても後孔に指を入れられないからだ。

「俺に任せればいいんだ」

神宮にいくらそう言われても、素直に従うことはできない。なぜなら、神宮がそれだけで済ませるはずがない。それで何度もひどい目に遭《あ》った。こういうときの神宮が全く信用できないことは、経験上よく知っている。

「しなくたって、腹を壊すくらいなんだろ」

だから神宮の手など借りないと一馬は拒否《きょひ》した。

「そんなに嫌か？」

「当たり前だ」

一馬は顔を顰める。後孔に指を入れられること自体、屈辱的《くつじょくてき》なのに、それで快感を得てしまうのが余計に腹立たしい。

「なら、仕方ないな」

神宮が肩を竦《すく》め、あっさりと引き下がる素振《そぶ》りを見せた。いつもならなんだかんだと理由をつけて要求を通そうとするのにだ。一馬は訝《いぶか》しげに神宮を見つめる。

「明日、いや、もう今日か。数時間後には出勤だし、昨日のことは当然、聞かれるだろうからトイレ通いなんてしてられるのかと思ったんだが……」

神宮の言葉に、一馬ははっと気付かされる。

本条に丸投げして終わったつもりでいたが、公園での一件は品川署にも報告は入るはずだ。根元がそれを聞いて黙っているだろうか。まずはその説明を一馬に求めてくるのは必然だ。神宮が指摘したとおり、その最中に何度もトイレだと中座するのは、情けなくみっともない。かといってずっとトイレに籠《こ》もってもいられない。

「それに、説教の間くらいならいいが、事件が起きたらトイレにも通えないいんじゃないかと心配したんだが、必要ないというなら仕方ない」

そう言って神宮はバスタブから出ようとした。一馬は慌ててその腕を掴む。

「なんだ?」

神宮がとぼけて答えている。明らかに一馬が何を求めているのかわかっていてとぼけているのが、僅《わず》かにニヤついた口元でわかる。

「……出してくれ」

一馬は神宮から顔を背《そむ》けて言った。

「なんだって?」

「だから、お前が遠慮《えんりょ》せず中出ししたもんを出せって言ってんだよ」

一馬は腹立ち紛《まぎ》れに怒鳴りつけた。

「それほど熱烈《ねつれつ》に指を中に入れてほしいと言われたら拒《こば》めないな」

「そんなことは言ってねえ」

「要約するとそういうことだろう？　俺の指を銜《くわ》え込みたいと、お前はそう言ってるんだ」
神宮がわざと下卑《げび》た言い方で煽りながら、一馬に向き直る
違うという言葉を口にする前に、神宮の手が伸びてきた。その手が足の間から奥へと進むのを一馬は顔を赤くして見守るしかできなかった。

7

神宮が予想していたとおり、一馬は出勤するなり、根元に呼びつけられ叱責《しっせき》を受けた。てっきり勝手な捜査をしたことを怒られるのかと思ったが、予想に反してそれではなく、事件を本庁任せにしたことだった。

「わかっているのか、河東《かわとう》」

根元が険しい顔で一馬に詰め寄る。

「今回の事件は間違いなくマスコミが注目する。それなのに犯人を検挙《けんきょ》したのは品川署だと知らしめないでどうするんだ」

「マスコミ対応なんて面倒でしょ?」

「マスコミは上手く使えば、優秀な日本警察を世間にアピールすることができる」

そう言って、根元が胸を張る。実際に検挙したのは一馬で、品川署どころか根元は微塵《みじん》も関わっていないのだが、全て自分の手柄《てがら》にするつもりだったのだろう。それができなくて残念がっているのがよくわかった。

「なんだ、刑事課長ってそういうタイプだったんすね」

「どういう意味だ?」

馬鹿にされているのかと根元が眉根《まゆね》を寄せて一馬を睨《にら》む。

「てっきり面倒ごとを嫌うタイプだと思ってから、本庁に回したんですよ。けど、これからは刑事課長に丸投げします」

「河東?」

予想外のことを言われたと、刑事課長が啞然とした顔になる。

「俺が得意なのは容疑者《ようぎしゃ》確保までなんで、他の所轄《しょかつ》との調整とか各方面への許可取りとか、ほんと面倒だったんで、それを刑事課長が受け持ってくれるっていうんだから、願ったり叶《かな》ったりですよ。いや、いいところに異動したな」

根元はそんなことまでは言っていない。だが、これはチャンスだと根元に口を挟む隙を与えず、一馬は一気にまくし立てた。

「副総監《ふくそうかん》にもお礼言っといたほうがいいな」

最後に駄目押《だめお》しとばかりに、わざと独り言のように声のトーンを落とし、呟《つぶや》いてみた。案《あん》の定《じょう》、『副総監』という言葉に、根元の眉がピクリと動く。

本条から根元が副総監の信者だと教えられていたから、どうせならそれを上手く利用しようと思った。

「吉見《よしみ》副総監になんと報告をするつもりだ?」

「俺のやりやすいようにさせてくれる上司の下に異動させてくれたことへの感謝は、やっぱり伝えておかないといけないですからね」

そんな気持ちはさらさらないし、なんなら副総監の連絡先も一馬は知らない。本条や吉見に頼めば会うこともできるだろうが、そこまでする気もなかった。せいぜい、伝言を頼むことがあるくらいだ。もっとも今回はそれをするつもりもない。

「そ、そうか。副総監によろしく伝えてくれ」

簡単に乗せられ、すっかり上機嫌になった根元を見て、一馬はこみ上げる笑いをかみ殺す。これで今後は少々の無茶《むちゃ》は見逃《みのが》されるだろう。意外に扱いやすいエリートでよかった。情報をくれた本条と、いい餌《えさ》になってくれる副総監に感謝しかない。

「品川駅付近で轢《ひ》き逃げ事件発生」

電話を受けていた他の刑事が室内に響《ひび》き渡る声を上げる。

「課長、行ってきます」

「ああ。任せたぞ」

勝手に説教を切り上げたことに文句も言わず、快《こころよ》く送り出される。こんなことは一馬の刑事人生で初めてかもしれない。

一馬は根元の気が変わらないうちにと、フロアを飛びだした。

こうしてまた一馬の捜査漬《づ》けの日々が始まった。一つ解決しても、また次と、なんなら本庁と合同捜査本部が立つような大きな事件まで起き、一馬は日々、走り回っていた。

「多摩川西署《たまがわにししょ》よりもかなり忙しそうだな」

遅くに科捜研を訪ねた一馬に、神宮は帰り支度をしながらそう言った。この三日は顔さえ見ていなかったのだから、神宮がこう言い出すのも当然だ。なんなら多摩川西署にいた頃のほうがマメに顔を出せていたかもしれない。

「人口が多いとそれだけ事件も多いってことだ。また部屋に帰れてない」

一馬は苦笑いで答えた。今日まで四日間、また署に泊まり続けていた。すっかり慣れてしまったから、刑事課では一馬の住所は品川署だと言われるまでになっていた。

「でも楽しそうだ」

「やっぱ向いてんだな」

一馬はしみじみと呟く。どんなに忙しくても事件を追いかけているときは疲れを感じない。これが天職というものなのだろう。

「そんなお前は知らないだろうが、あの事件、ネットではかなり話題になってるぞ。ようやく少し落ち着いたくらいだ」

「まあ、元々がネットの話だからな。話が広まるのは当然だろう。むしろ、広がってもらわないと困る」

行きすぎた投稿動画への警告《けいこく》と歯止めのために大ごとにしたのだ。誰にも知られないでは意味がない。

藤井たちは逮捕《たいほ》され起訴《きそ》された。裁判《さいばん》はまだだが、実名入りで報道されたことで、動画サイトの世界では衝撃《しょうげき》が走ったらしい。トキオからそう報告された。逮捕の報道を受け、トキオは被害者の刑事が一馬だとすぐにわかったようだ。善良な動画投稿者は自業自得《じごうじとく》だと言い、そうでないやましい者たちは自らの投稿動画を削除《さくじょ》しているという。ほとぼりがさめたらまた始めるかもしれないが、この風潮《ふうちょう》が少しでも長く続くようにしたいとトキオは言っていた。

「今度こそ、本条さんにちゃんと礼をしないとな」

前回は騒動《そうどう》に巻き込まれた挙《あ》げ句《く》、面倒をかけてしまった。その仕切り直しの席もまだ設けられていなかった。

「桂木も今度は奢《おご》れと言ってたぞ」

「ああ、そうか。桂木にも世話になってるか」

トキオを紹介してもらったことへの礼がまだだった。しかも会ったときの食事代は桂木が支払ってくれている。いくら桂木のほうが遥《はる》かに高給取りだとはいえ、きちんと礼はしておきたい。

「それもこれも、少し仕事が落ち着いてからだな」

「先の予定が立てづらいから、仕方ないだろう」

神宮も今すぐ何かしろと言うつもりはなかったようだ。神宮にすれば、本条や桂木に会う時間があるなら自分と会えと言いたいはずだ。

「今日のところはどこかでメシ食って、俺ん家に行こう。この間の仕切り直しだ。まずはお前からな」

一馬がそう言うと、神宮が満足げに笑い、最後に上着を羽織《はお》った。

二人で科捜研を後にして、神宮の車で食事のできる店まで行った。車だから酒は飲まず、簡単に食事を済ませて、早々に店を後にした。

一馬は駐車場の契約をしていないのだが、幸いなことにマンション近くにコインパーキングがあった。神宮はそこに車を停め、徒歩で一馬のマンションに向かった。

一緒に階段を上がり、玄関のドアを開けて、一馬が先に部屋に入る。そして一馬はその場で動きを止めた。

「どうした？」

微動《びどう》だにせず、靴《くつ》すら脱がない一馬に、神宮が後ろから問いかける。

「また、あいつか……」

一馬は溜息と共に呟く。

「あいつって、あいつか？」

一馬の呟きを聞きとがめた神宮はすぐに声音《こわね》を険しくした。

一馬の部屋の間取りは、ワンルームだが、玄関からはもう一枚のドアがあって室内が見えない造りになっている。その扉を一馬はいつも開け放したままで出かけている。だから、室内の様子が玄関先からでもわかったのだ。

部屋の真ん中に置いてあるローテーブルの上に、見覚えのないA4サイズの白い紙があった。一馬以外の誰かがそこに置いたということだ。そんな奴はひとりしかいない。

「いるのか?」

「いや、人の気配はしない」

一馬はようやく靴を脱ぎ、部屋の中に進んでいく。

「これがあるだけだ」

テーブル上の紙を取り上げ、神宮に見せつつ、自らも目を通した。

『厄介ごとが片付いたし、遊びに来るつもりだったけど、急に日本を出ることになったから、また出直すね』

手書きでそう記されていた。読みやすい綺麗《きれい》な字だ。署名はなかったが、誰が書いたのかは一目瞭然《いちもくりょうぜん》。つまり、ジローが自由に出入りしているということだ。

「戸締まりが無意味だとはわかってるけど、どうにかできねえかな」

一馬はうんざりしたように呟く。見られて困るものは何も置いていないが、勝手に入られるのはいい気持ちがしないし、何より神宮の機嫌が悪くなるのが厄介だ。

「また盗聴器《とうちょうき》が仕掛けられてるんじゃないだろうな」

神宮が室内を見回す。

「それを気にしてたら、何もできないぞ。行く先々、調べて回らなきゃいけなくなる」

「お前みたいに、簡単に開き直れるか」

「諦《あきら》めろ。相手は神出鬼没《しんしゅつきぼつ》の大泥棒《おおどろぼう》なんだ」

「刑事が何を言ってる。開き直りすぎだろう」

そうは言いながらも、神宮も諦めたのか表情を緩めた。

一馬にしても全く気にならないわけではない。だが、全く見ず知らずの人間に出入りされているわけでもないし、盗聴器もただの趣味でジロー本人が聞いているだけだから、実害はないとも言える。

「あいつもわざわざこんなものを置いていかなくてもいいのにな」

「それだけ、お前に存在をアピールしたいんだろう」

神宮が呆れたような溜息を吐いたとき、メールの着信音が響いた。一馬のものではない、神宮のスマホからだ。

神宮はスマホを取り出し、メールを確認している。

その間に一馬は上着を脱ぎ、ネクタイを外す。すぐにシャワーを浴びることになるのだが、その前に軽く何か飲みたい。冷蔵庫から缶《かん》ビールを二つ手にして戻ったときには、既に神宮はスマホをバッグにしまっていた。神宮の落ち着いた態度から、急ぎでも仕事の連絡でもなかったのだろう。

神宮はベッドに腰掛けていた。その神宮に一馬は缶ビールを差し出す。

「ここで飲んでいいのか？」

「飲み干せばいいだけだ」

一馬はそう言って、立ったまま一気に半分ほど喉へと流し込む。神宮は少し口をつけた後、立ち上がり、テーブルに缶を置いた。そして、すぐにベッドへと戻った。

「ソファに座ればいいだろ」

位置的にソファなら手を伸ばすだけでテーブルに缶が置けるのだ。まだ寝るわけではないのだし、ベッドに座る理由がわからない。

「やっと俺も使えるんだ。座らせろ」

そう言いながら神宮は感触を確かめるかのように、背中の後ろに手をついた。

そういえば、このベッドを購入して以降、神宮は座ることすらできなかったことを思い出す。それだけ忙しかったのだ。

「ま、半分はお前のだからな」

一馬も缶ビールをテーブルに置いてから、神宮の隣に腰を下ろす。

ここが神宮の部屋なら、簡単に隣には座らなかった。神宮は部屋のいたるところに、一馬を抱くための準備をしている。だから、迂闊には近寄れないし、ベッドはもっとも危険な場所だ。だが、ここは一馬の部屋だ。神宮が何か仕掛けられるはずがなかった。一馬は余裕の態度で神宮の肩に手を置いた。

近い距離で見つめ合う。痛々しかった顔の傷は綺麗に消えていた。あのときは触れることしかできなかった口づけも、今日は遠慮《えんりょ》なくできる。

一馬は顔を近づけた。

唇が重なった瞬間、すぐに舌を差し込む。できなかった分を取り戻すかの勢いで、性急に口中を求めた。

一馬の舌に神宮の舌が応える。絡ませても逃げることはない。舌が動く度に、唾液《だえき》が混じり合った。

もっと、神宮を感じたい。一馬は神宮のネクタイに手をかけた。肌を感じさせない服が邪魔でしかなかった。

一馬がネクタイを引き抜いている間に、神宮が自らジャケットを脱ぎ捨てる。

神宮も肌の触れ合いを求めている。そう気付いた一馬は、神宮の肩に手を置き、そっと顔を離した。

急いで服を脱ぐためにはくっついていては難しい。立ち上がりシャツを脱ぎ捨て、ベルトのバックルを外す。そんな一馬を見ているだけではなく、神宮もまた同じように服を脱ぎ始める。二人きりの時間に服など必要なかった。

全てを脱ぎ捨て全裸《ぜんら》になってから、改めて二人はベッドに上がった。もつれ合いながら横になり、上になったのは一馬だった。

神宮の体に跨《また》がり、顔の横に手をついて、真上からその顔を見下ろす。

神宮は薄《うっす》らと笑っていた。挑発の笑みではなく、ただ誘うような笑みに一馬は吸い寄せられる。

最初は唇に、それから頬《ほお》に首筋《くびすじ》にと、キスの雨を降らせる。神宮は笑ってそれを受け入れていた。機嫌がいいのか、珍しく一馬にされるままで、唇が胸へと移動しても、拒まれることはなかった。

感じないからと胸を触られることに神宮は積極的ではなかったが、一馬が開発してやればいいのだと、最近になってようやく気付いた。だから、一馬は小さな尖《とが》りに唇を這《は》わせた。そのときだった。

「なっ……」

全くの予想外、滑った液体が双丘に降りかけられ、その冷たさに一馬は声を上げた。焦って振り返っても、自分の尻《しり》など上手く見ることはできない。だが、かけられたものがローションだろうことは容易《ようい》に想像できる。

さっき全裸になったとき、神宮は何も持っていなかった。それは間違いない。それなのにローションなど、しかもこんなに降りかけられるほどの量となるとボトルサイズだ。隠《かく》し持てる大きさではない。だが、隠す暇などどこにもなかった。ベッドに上がってからは、一馬はずっと神宮を見ていたのだ。

だが、考えられたのはそこまでだった。ローションのかかった場所からむず痒《がゆ》さがわいてきて、一馬は顔を顰める。

「早いな。もう効《き》いてきたのか」

神宮が感心したように言った。

「何を使った？」

むず痒さを堪えつつ、一馬は神宮を睨み付ける。

「媚薬《びやく》入りのローションだ」

「またおかしなモン使いやがって」

悪態《あくたい》を吐きながらも、一馬の腰は知らず知らず揺れていた。双丘の表面だけでなく、狭間《はざま》にまでローションは入り込んでいて、敏感《びんかん》な後孔の入り口にまで痒みが広がってる。どこかに擦りつけることもできず、そのもどかしさに顔が歪《ゆが》む。

「ひどい言われようだな。ずっと忙しかったお前を労《いたわ》るために準備したというのに」

「これのどこが労りなんだよ」

「何も考えられないくらいの快感をプレゼントしようというんだ。優しいだろう？」

その言葉と共に、滑りを帯びた神宮の指が後孔に押し込まれた。

「く……う……」

体内を犯す神宮の指の感覚がリアルに伝わってくる。一馬は息を吐き出し、その異物感を堪えた。

神宮は指を中に入れたまま、反対の手でまたローションを振りかける。中にも注ぎ足そうというのだろう。それが媚薬入りだとわかっているだけに、一馬は焦った。

「やめろっ……」

一馬は声を震わせながらも制止を求めた。神宮が聞き入れるはずがないとわかっていながら、言わずにはいられなかった。この痒みが中にまで広がればどうなってしまうのか。想像するだけでも恐ろしい。

「やめていいのか？」

神宮が思わせぶりに問いかける。

その言葉の意味などわかりきっている。即効性《そっこうせい》の媚薬は既に一馬の体内を侵《おか》し始めていた。

「擦ってほしいんじゃないのか？」

その問いかけに一馬は首を横に振る。

「素直になれ」

「ああっ……」

中の指が肉壁を擦り、一馬は背を仰《の》け反《ぞ》らせる。

神宮はゆっくりと中の指を動かしていく。どこをどうすれば、より一馬が感じるのか、一瞬でも見逃さないと一馬を見つめながら擦り上げる。

「あっ……はぁ……」

明らかに快感を訴える声が、一馬の意思を無視して零れ出る。

ベッドに着いた手は震え、体を支えられなくなり、一馬は神宮の肩口に顔を埋《うず》めた。上半身は神宮にもたれかかり、腰だけを上げた格好だ。そんな淫《みだ》らな体勢になっていることに一馬は気付く余裕がない。

「すごいな。もうトロトロだ」

神宮が一馬の耳元に囁きかける。

ローションまみれにされた後孔はもちろん、一度も触られることなく勃ち上がった屹立も、神宮を濡らすほどに先走りを零していた。強すぎる媚薬の効果に、一馬はなす術《すべ》なく熱い息を吐くだけだ。

体の力が抜けているから、指を増やされてもすんなりと受け入れてしまう。むしろ、それが欲しかったのだと腰が揺れる。

増えた指が中を掻き回しつつ出入りを繰り返し、確実に広げていく。肉壁だけでなく前立腺も擦り上げられ、屹立は限界を迎えていた。

一馬は腰を動かし、神宮に屹立を擦りつける。触ってもらえないなら自分でどうにかするしかない。ほぼ無意識の行動だった。

「イきたいならイっていいぞ」

耳に吹きかけられたその声に促され、一馬は屹立を神宮に擦りつけた。その刺激を受けて迸りが解き放たれる。

「ふ……ぅんっ……」

確かに射精した。それなのに一馬の口から零れた息からは、全く熱が引いてはいなかった。解放感もなく、屹立も硬さを保っている。それだけ媚薬の効果が強いのだろう。そのせいで一馬はまだ体を起こすことができなかった。だから、抵抗できなかった。

「次は俺も気持ちよくさせてもらおう」

神宮はそう言うと、一馬の体を持ち上げるようにして、体勢を入れ替える。今度は神宮が上になり、一馬が見下ろされる格好だ。

力の抜けた一馬の足を持ち上げ、神宮がその間に体を進める。

「ああ……っ……」

解され、ローションで蕩《とろ》かされたそこは、なんなく神宮を受け入れる。そこに快感しかないことを、吐き出された熱い息と熱に浮かされたような潤《うる》んだ瞳が神宮に教えていた。

きっと指では物足りなくなっていたのだろう。もう離さないとばかりに、一馬の体は勝手に中にいる神宮を締め付ける。

そのせいなのか、神宮はすぐには動かなかった。中の熱を感じているのか、深い息を吐きながら軽く目を伏せる。

動かない神宮に焦れ、一馬は自らの手を屹立に絡めた。萎《な》えていなかったそこにようやく直接的な刺激を感じる。

「すごい効き目だ」

夢中になって手を動かす一馬に、神宮が感心したように呟く。その手にはローションのボトルがあった。

神宮は摑んでいた一馬の足を離し、空いた手にローションを垂《た》らす。

「こっちにも使うとどうなるんだろうな」

そう言いながら、神宮がローションまみれの指で一馬の胸を揉《も》み始めた。

「んっ……」

掠《かす》れた息が漏れる。それは神宮の指先が尖りを掠めたことへの反応だったが、即効性のローションはすぐにジンジンとした痺れを一馬にもたらした。

「ふ……はぁ……」

一馬は熱い息を吐き出し、新たに増えた快感に体を震わせる。それなのに、神宮はすぐに胸から手を離した。

快感によって浮かんだ涙で視界が滲む。それでも一馬は神宮を睨み付けた。快感を与えるだけ与えて放置する神宮を視線で責めた。

「手は自由なんだ。自分でできるだろう?」

神宮はとぼけた口調でそう言うだけで、胸元へ手を伸ばそうとはしない。

神宮に頼るのはもうやめだ。一馬は痒みだけでもどうにかしようと、掻きむしるように指を擦りつけると、すぐにその手を摑まれた。

「そうじゃない。こうするんだ」

神宮が手首を摑んだまま、一馬の人差し指の腹を乳首に擦りつけた。

「はぁ……んっ……」

掻きむしるよりも遙かに快感が強い。それならと一馬は両方の乳首をそれぞれの手で擦り立てる。

自分が何をしているのか。それを神宮がどんな目で見ているのかなど、一馬にはどうでもよかった。快感を追うことに夢中になっていた。

「最高の眺《なが》めだ」

賛辞《さんじ》の言葉もどこか遠くで聞こえる。浮かんだ涙で視界が滲むように、聴力も快感で鈍《にぶ》ってきたのかもしれない。

神宮が改めて一馬の両足を抱え上げる。

「ああっ……」

ぐっと奥を突かれて、声が押し出される。

隙間なく埋まった屹立で肉壁を擦り上げられる。がっちりと足を抱えられていて、逃れる術はない。指のような繊細《せんさい》な動きではなく、荒々《あらあら》しい突き上げに、一馬は声を上げ続けるしかできなかった。

それでも胸に添えた手は張り付いたように外れない。揺さぶられることでその手が勝手に動き、胸にも刺激が与えられていた。

さっき達したのはなんだったのか。すぐに二度目の絶頂が訪れる。張り詰めた屹立は二人の間で揺れている。

「も……イクっ……」

一馬は切羽詰《せっぱつ》まった声を上げた。後孔と胸への刺激だけで達するのは、いつもの一馬なら屈辱的《くつじょくてき》に感じていただろう。だが、媚薬に犯されている今は、どんな方法であろうと達することだけしか考えられなかった。

「いいだろう。俺もイクぞ」

神宮が一際大きく突き上げ、一馬の中で達した。もっとも、今回はいつの間にかコンドームを着けていて、中で出されることはなかった。

一馬の中の屹立が力を失い、引き出されると、持ち上げられていた腰がベッドへと下ろされる。その間も一馬はされるがままだった。

一馬は肩で大きく息をしながら、ぼやけた瞳で神宮を見つめる。神宮はコンドームを外し、丸めて縛《しば》ってからベッドのそばのゴミ箱に投げ入れた。そういえば、ここにゴミ箱を置いたほ

うがいいと言ったのは神宮だったなと、ぼんやりと思い出す。

もう二度も達したというのに、まだ熱が燻《くすぶ》っている。それでも最初のときほどの強烈《きょうれつ》なむず痒さはなくなっていた。二度の射精が効果を薄くしたのかもしれない。だから、少しだけ考える力が戻ってきて、そんなことを思い出せたりしたのだろう。

ぼんやりとした一馬の視線の先で、神宮が新たなコンドームを手に取るのが見えた。嫌な予感が一馬を襲う。

「俺はまだ足りないからな。お前だってそうだろう?」

問いかけられ、一馬は違うと首を横に振る。

「その胸の手はなんだ?」

指摘され、一馬はようやくまだ胸に手を添えたままだったのを思い出した。慌てて外そうとしたその瞬間、後孔に屹立を押し当てられる。

「待っ……あ……あぁ……」

一気に奥まで埋められ、制止を求める声は言葉にならなかった。

「遠慮せず胸を弄《いじ》るといい。俺はこっちに集中するからな」

神宮は繋がったまま膝で立ち上がった。一馬の腰が浮き上がり、さっきとは違った角度で抉られる。

「いっ……あぁ……っ……」

少しは戻ってきていた冷静さが吹き飛ぶ快感だった。上から叩きつけるように押し込まれ、大きく喘《あえ》がされる。

神宮の腰遣いはこの体勢のせいで、さっきよりは激しくはない。その代わりに繋がったまま揺さぶられるような感覚があった。

一馬の屹立はまた徐々に力を取り戻していく。こんなに短い時間での連続射精で疲れ果てていた。それでも快感を与えられれば反応してしまう。まだ媚薬の効果も切れていないのだろう。

神宮は時間をかけ、何度も腰を揺さぶった。さっきまでとは違い、ゆっくりと追い詰められ、一馬は三度目の限界へと昇り詰める。

「また……きたっ……」

もう胸など触っていられなくなる。追い詰められた一馬の手は股間に伸びる。既に二度も達しているから、いくら媚薬で感じやすくなっているとはいえ、簡単には射精できそうにない。より強い直接的な刺激が必要だ。

一馬は懸命に自身を扱き立てる。早く楽になりたい一心だった。

「一馬……」

不意に熱を含んだ声に呼びかけられ、一馬は反射的に手を止める。

神宮もまた動きを止めて一馬を見つめていた。

その声も視線も『求められている』のだと嫌でも気付かされる熱があった。

中にいる神宮も限界だった。神宮にしてもさっき射精している。立て続けに求めるほどに、一馬を貪《むさぼ》ることに夢中なのだ。だから、一馬ひとりで達するのではなく、一緒にイこうと言いたいのだろう。

声は出せなかった。まともに言葉が出せる気がしなくて、黙って頷いて見せた。イクなら一馬も一人より二人がいい。

神宮が再び動き始める。一馬も手を動かす。それはそう長い時間ではなかった。

「そろそろイクぞ……」

神宮の言葉に、一馬は屹立の先端を引っ掻くように爪を立てた。

「くっ……」

神宮の低く呻《うめ》く声がやたらと耳に響いた。一馬が射精するのと同時に、神宮もまた精を解き放ったようだ。

三度目の射精は一馬から全ての力を奪い取った。すっかり薄くなった精液はさっきまで放ったものに紛れ、同じようにシーツを汚しているに違いない。けれど、それを気にする余裕はない。指一本動かす力も残っていなかった。

「そのまま眠るといい。後は俺がやっておく」

ほんの少し前の嬲《なぶ》るような声はなりを潜《ひそ》め、打って変わって優しい神宮の声を聞きながら、一馬は自然と眠りに落ちていった。

一馬の目覚めは最悪だった。起きた瞬間に体のだるさを感じ、昨夜《ゆうべ》のことをすぐに思い出したからだ。

寝落ちしたことはわかっていた。だが、それにしては体はさっぱりとしているし、ベッドも綺麗だ。一馬をここに寝かせたままで、神宮が処理したのだとしたら、相当に大変な作業だったに違いないが、感謝する気持ちはかけらも湧《わ》いてこない。

その神宮は一馬の隣にいて、寝転がったままスマホを見ていた。

「起きたのか？」

一馬の視線に気付いたのか、神宮がスマホから一馬に視線を移した。

「ああ。何時だ？」

「十一時前だな」

スマホを見ていたからだろう。時計を確認することなく、神宮が答える。

今日は二人とも休みだから、窓の外がこんなに明るくなっていても、神宮は一馬を起こさなかったのだろう。

「寝すぎた」

「休みなしで働いてたんだ。それだけ疲れてたんだろう」

「その疲れてる俺にお前は何してくれてんだよ」

壁側で寝ていた一馬が顔を神宮に向けると、その向こうにある嫌なものまで目に入った。昨日、一馬に使われたローションのボトルだ。テーブルの上にコンドームの箱と一緒に置いてあった。

「あれは……」

神宮を問い詰めようとしたが、喉が掠れて咳《せ》き込んだ。昨晩から何も口にしていないから、喉が渇いていても当然だ。

「待ってろ」

神宮がベッドを降り、冷蔵庫に向かう。

一馬はその間に、どうにかだるい体を起こし、ヘッドボードに背中を預けて座った。そこに神宮がペットボトルを手に戻ってきた。

「水と酒しか入ってなかったぞ」

ほらと言って、神宮がミネラルウォーターのボトルのキャップを開けてから、一馬に手渡した。

一馬はまずは喉の渇きを潤そうと、体が欲するまま水を流し込む。神宮はそんな一馬の隣に同じ格好で並んで座った。

「引っ越してからほとんどこの部屋にいないんだ。飲み物が入ってるだけマシだろ」

喉が正常な状態になり、一馬はさっきの神宮の言葉に反論した。元々、自炊はしないし、ほとんど外食だから、飲み物くらいしか冷蔵庫に入れる必要がなかった。冷凍庫にも氷しか入っていない。

「それで、あんなもん、どこに隠してたんだよ」

一馬は改めてさっき言えなかった質問をぶつけた。もちろん、視線はテーブルの上のローションだ。

「ここだ」

神宮が一馬の向こう、ベッドと壁の隙間を指さし、あっさりと答える。

「コンドームは中の小袋だけマットの下に差し込んで、残りは箱ごとベッドの下だな」

初めから隠すつもりはなかったらしく、神宮は詳細に隠し場所を教えた。

「隠す暇なんてなかっただろ。いつの間に隠したんだよ」

「お前が留守の間だろうな」

「だろうな？」

何故、推定《すいてい》の返事になるのか、一馬は訝しげに眉根を寄せる。

「隠したのは俺じゃない」

「いやいや、お前以外に誰がいるんだよ。隠し場所を知ってただろうが」

「それは教えられたからな」

誰にと尋ねるより先に、一馬の脳裏にひとりの男が思い浮かんだ。一馬の留守中、自由に出入りできる男がひとりいた。

「ジローか？」

「ああ。この部屋に来てから、俺にメールが届いていただろう？　あいつからだった。ローションとコンドームを隠しておいたから使ってくれってな」

確かに神宮はメールを確認していた。だから、あのときソファではなくベッドに座っていたのかと、今更《いまさら》ながらに納得する。

「あいつもたまにはいい仕事をする」

上手くことが運んだからだろう。神宮が満足げな笑みを浮かべている。

「なんであいつがお前に協力するんだよ」

「引越祝《いわ》いらしいぞ」

全く予想もしなかった理由に、一馬は呆気《あっけ》にとられてすぐには反応できなかった。そんな一馬を神宮は面白そうに見ていた。

「全然、祝われてねえよ」

「面倒なことに巻き込まれて心身共に疲れたお前を労るために、気持ちよくさせてやれってことなんだろう」

「もっとマシな方法で祝えって」

一馬はそう言ってから、今更ながら辺りを見回す。

「もう他におかしなものを仕込んでないだろうな」

「気にしないんじゃなかったのか？」

「それとこれとは別問題だ」

一馬は憮然《ぶぜん》として答える。

「あるとは聞いてない。ほら」

そう言って、神宮はスマホ画面を一馬に向けた。

そこにはジローから送られたメールが表示されていた。さっき神宮が説明した以上のことは記されていない。

「おかしな見返りも要求されてないみたいだな」

「見返り？」

「またやってるところを見せろとか、あいつなら言い出しかねないからな」

頭のいい奴には解読できる隠された暗号でもないかと、一馬は再度、メールを見直す。

「そんなもの、俺が受け入れるはずがないだろう」

「どうかな。お前はたまに振り切れたようなおかしなことをしでかすから、信用ならない。桂木を巻き込んだりとかな」

そう言って一馬は胡散臭《うさんくさ》いものを見る目を神宮に向けた。桂木との3P紛《まが》いのセックスはもう二度と経験したくない。

「巻き込みたいわけじゃないが、無性《むしょう》にお前を自慢《じまん》したくなるときがある」

「自慢って何を？」

「お前がどれだけそそる体をしてるかだ。それには口で説明するより見せたほうが早いだろう？」

神宮は何を言っているのか、一馬はぽかんとして、しばし言葉が出なかった。ようやく理解できたときには、完全に蔑《さげす》んだ目で神宮を見ていた。

「お前、俺より馬鹿だったんだな」

「河東一馬に関しては、俺は誰よりも馬鹿になる自信がある」

完全に毒気《どくけ》を抜かれる台詞《せりふ》に、一馬の顔《いと》は自然と綻《ほころ》ぶ。こんなことを真顔で言い切るのだから、本当に馬鹿だ。だが、その馬鹿さが愛おしい。だからこそ、何をされても最後には許してしまうのだ。

「そんな馬鹿はお前くらいだよ」

一馬は笑ってスマホを神宮に返す。

「もういいのか？」

「これに書かれてないことまで疑い出したらきりがないし、あいつが本気で何かを隠そうとしたら見つけられる自信もないしな」

一馬はそう言って肩《かた》を竦《すく》める。ムダな勝負はしない主義だ。怪盗と呼ばれる男と隠しもの対決など、一馬に分が悪すぎる。

「けど、ここに引っ越したことを初めて後悔はしたぞ」

自分の部屋なら大丈夫だと油断した挙げ句、神宮に抱かれることになってしまった。そうなったのは引っ越したせいなのだ。

「これが初めてか？　引っ越してから嫌な目に遭い続けてたのに？」

神宮は信じられないというふうに問いかけてくる。

「それはこの部屋に越してきたせいじゃないだろ。何のせいかと言えば、俺が刑事だったからだ」

引っ越しをきっかけに嫌がらせが始まったのではなく、一馬が刑事として見過ごせず、財布を品川署に届けたことが始まりだったのだ。一馬がきっぱりと言い切ると、神宮は表情を緩める。

「お前らしい考え方だ」

「ただ、住み心地は、まだわからないけどな。何せ、ほとんどいないんだから」

「それじゃ、この部屋に越してきてよかったことは？」

神宮にそう尋ねられ、一馬は考えるように軽く首を傾げた。それから今の状況を思い出し、答えを見つけた。

「そうだな。二人で寝られる大きいベッドが置けたことかな」

その答えは大いに神宮を喜ばせたらしい。少し時間は経ったが、濃厚《のうこう》な目覚めのキスを与えられた。

あとがき

こんにちは、はじめまして。いおかいつきと申します。

今年もまたリロードシリーズの新作をお目にかけることができ、感無量でございます。

今回は日常的ないちゃいちゃを増やすというテーマを掲げていたのですが、いかがでしたでしょうか。個人的には砂糖増量の甘い雰囲気が出せたのではないかと、鼻息荒くしております。

そして、いつものメンバーは総出演です。ついつい出したくなってしまうので、最終的には『彼』まで出てきてしまいました。その辺りも含め、楽しんでいただければ幸いです。

國沢智《くにさわとも》様。今回もありがとうございました。いつもどうなるのかと予想しつつ書いていますが、毎回その予想を軽く上回る素敵イラストに悶絶です。エロ魔神は今回も健在でした。

担当様。いつもお世話になり、ありがとうございます。今回こそ早めの提出をと意気込んでいたのに、いつもどおりで申し訳ありません。次回こそ頑張ります。

そして、最後にもう一度。この本を手にしてくださった方へ、最大の感謝を込めて、ありがとうございました。

二〇二〇年七月　いおかいつき

Lovers Label

ベッドルームキス

ラヴァーズ文庫をお買い上げいただき
ありがとうございます。
この作品を読んでのご意見・ご感想を
お聞かせください。
あて先は下記の通りです。

〒102－0072
東京都千代田区飯田橋2-7-3
(株)竹書房 ラヴァーズ文庫編集部
いおかいつき先生係
國沢 智先生係

2020年8月7日
初版第1刷発行

●著　者
いおかいつき ©ITSUKI IOKA
●イラスト
國沢 智 ©TOMO KUNISAWA

●発行者　後藤明信
●発行所　株式会社　竹書房
〒102－0072
東京都千代田区飯田橋2-7-3
電話　03(3264)1576(代表)
　　　03(3234)6246(編集部)
●ホームページ
http://bl.takeshobo.co.jp/

●印刷所　中央精版印刷株式会社

ISBN 978-4-8019-2362-1　C 0193